KB005869

# 우렁이 각시는

심조원 지음

당신이 아는
그———런 이야기가
아니다

곰곰

심조원

출판 노동자로 이십 년 남짓 일했다. 책에 따라 기획자, 편집자, 작가를 오가며 자연과 생태를 주제로 한 어린이 책을 쓰거나 편집했다. 2005년 올해의 출판인상(편집 부문)을 받았다.

그동안 기획, 편집, 저술한 작품으로는 〈달팽이 과학동화 시리즈〉〈세밀화로 그린 보리 어린이 도감 시리즈〉〈내가 좋아하는 시리즈〉〈똥강아지 봄여름가을겨울 시리즈〉《어슬렁어슬렁 동네 관찰기》《우리 가구 손수 짜기》《새를 기다리는 사람》 등이 있다. 사단법인 유도회 한문연수원을 수료했다. 지금은 고전 강독 모임을 꾸리고 있으며, 옛이야기 모임인 '팥죽할머니' 회원이다. 공부와 글쓰기를 통해 세상과 소통하고자 한다.

일러두기

1. 이 책에서 인용한 〈한국구비문학대계〉(한국학중앙연구원, 1970년대부터 최근까지 채록한 설화, 민요 등을 음성 파일, 한글 파일로 서비스하고 있음.)의 구술 기록은 한국학중앙연구원에 이용 허락을 받았습니다.

2. 인용글을 읽기 쉽게 하려고 띄어쓰기를 바로잡고, 반복적인 감탄사를 조금 정리하였으며, 알아보기 어려운 말에는 뜻풀이나 표준어를 괄호 속에 덧붙였습니다.

우렁이 각시는

당신이 아는
그———런 이야기가
아니다

새벽이 되니 물독에서
우렁이가 나오더니 속에서
기가 막히는 천하일색 색시가 나와
밥을 지어놓고 들어가더래.

그년이 밤에 나와서
손에 참기름을 발라 갖구
말 똥꾸녁에다 넣어 갖구
간을 내먹더랴.

며느리가 시집올 때는
복슬복슬하니 얼굴이 좋았는데,
시집을 조금 살더니만
노랑 땡땡이가 되거든.

달걀이 데굴데굴데굴 굴며,
"할머니, 할머니, 왜 울우?"
"오늘 저녁에 죽겠어서 운다."
"팥죽 한 그릇 주면 내 당하지."

며느리가 그 쥐한테
절을 허고 그랬으니까
너무 억울해서 시어머니더러 하는 말이,
"이그, 쥐 좆도 몰랐나?" 그러더래.

너 저기 가설랑
아랫물에 손발 씻고,
윗물에 가서 머리 감고,
가운데 물에 가서
목욕하고 오너라.

어느 날, 몸이 뚜렷이 달라졌다는 걸 알아챘을 때, 일을 그만 둬야겠다고 생각했다. 이십 년 넘게 해 오는 동안 이력이 어지간히 붙었다 해도, 밥 먹듯 야근을 하며 하루하루 신경을 곤두세운 채로 갱년기의 물굽이를 넘어갈 자신은 없었다.

사무실을 정리하고 서랍 속의 명함을 몽땅 문서 파쇄기에 쓸어 넣었다. 오랫동안 내 이름 곁에 붙여 두었던 출판 편집자라는 다섯 글자가 잘게 부서져 사라졌다. 순식간에 이름 석 자 말고는 내밀 것 없는 실업자이자, 누구도 거들떠보지 않는 갱년기 아줌마가 되었다.

어디론가 여행을 떠나기에 딱 좋은 신분이었다. 나는 뚜렷해진 노안과 삐걱대는 관절의 가난한 몸으로 무작정 길을 나섰다.

목적 없이 길을 걷다가 처음 발길이 닿은 곳은 '고전 읽기'였다. 무려 사서삼경을 한문으로 완독하겠다며 겁 없이 덤빌 수 있었던 것은 출판 일을 하는 동안 나의 짧은 언어 능력이 한문에 대한 무지 때문이라고 여겨 왔기 때문일 것이다.

내게 한문은 낡은 외국어가 아니라 오늘의 내 생각과 감정을 지배하는 모국어[母語]의 큰 기둥이었고, 죽을 때까지 벗어날 수 없는 장벽이었다. 월경이 끝나고 임신 출산으로부터 완전히 벗어났음에도 나를 여전히 '여자'로 가두는 감옥이기도 했다. 나는 이 부담스러운 존재를 대면해 보기로 했다.

늦깎이로 덤벼든 공부가 오죽했을까만 몇 년간 분투한 끝에 고마운 분들의 도움으로 간신히 일독을 마쳤다. 사단법인 유도회의 헌신적인 은사님들이 아니었다면 어림도 없었을 것이다.

내가 읽은 책들은 조선 후기 목판본의 영인본들이었다. 수천 년을 내려온 경전의 원문은 말할 것도 없고, 천 년 전 주자학자들의 일관된 가이드와 조선 활자공의 짜임새 있는 편집 디자인에 이르기까지 그야말로 완벽한 예술품이었다.

아름다운 문자의 숲은 어떤 그림보다 매혹적이었고, 문리(文理)를 얻은 분들의 낭독은 음악처럼 들렸다. 그들이 이토록 아름답고 집요하게 탐구해 온 '인간'에 나를 포함한 여성은 해당하지 않는다는 점이 뼈아플 뿐이었다.

특히, 공자가 기록했다는 삼경(三經)의 원문은 이미지와 소리로 가득했다. 《시경》에는 구전 민요가, 《서경》에는 왕들의 역사가, 《주역》에는 천지자연에 대한 비밀스러운 이야기가 실려 있었다. 삼대 유교 경전이 모두 옛이야기였던 것이다.

펴낸이인 공자는 전해 오는 이야기를 단지 모았을 뿐[述而不作]이라며, 자신은 작가가 아니라 편집자임을 뚜렷이 밝혔다. 이천오백 년 전에 태어난 천재 편집자, 그는 다행히(?) 남성이었다. 여성이었다면 결코 십수 년을 떠돌아다니며 이야기를 모을 수 없었을 테니 말이다.

칠순의 몰락 귀족과 열여섯 살 소녀 무당 사이에서 태어난 그의 비천한 출신은 이야기 귀가 트이는 데 든든한 바탕이 되었을 것이다. 남루한 차림으로 이야기 마당을 기웃거리는 구척장신의 떠돌이 사내를 떠올리자, 어렵기만 하던 경전의 글자들이 살갑게 보이기 시작했다. 그리고 궁금해졌다.

그에게 노래를 불러 준 사람, 이야기를 들려준 사람들은 누구였을까? 적어도 그중 절반은 여성이었을 텐데, 그들의 흔적은 어떻게 찾아야 하는 걸까? 문자로 봉인된 경전 속의 이야기들과 지금까지 입으로 전해지는 옛이야기 사이에는 어떤 관련이 있는 걸까?

의구심은 갈수록 커졌으나 한국에서 가장 보수적인 공간에서 이토록 불경스러운 생각을 드러낼 수는 없었다. 실마리를 찾으려면 다시 길로 나가야 했다. 나는 낭랑한 독경 소리를 뒤로 하고 그들의 엄숙한 기와집을 나왔다.

서성대던 내 눈앞에 나타난 것은 '팥죽할머니' 모임이다. 예닐곱 명의 내 또래 여성들이 옛이야기를 읽고 토론하는 모임이었는데, 이십 년이 되었다는 내력에도 불구하고 그 흔한 석·박사 한 사람이 없었다. 고만고만한 가방끈의 여자들이 그저 옛이야기를 좋아해서 일주일이 멀다 하고 만나다 보니 어느새 시간이 흘렀을 뿐이라고 했다. 모임의 이름을 따온 옛이야기에서처럼 뜨끈한 이야기 한 그릇을 찾아온 알밤, 송곳, 절구, 개똥, 지게, 멍석 들의 모임인 셈이었다.

그래서인지 토론은 툭하면 샛길로 빠져들었고, 심드렁해져서 활기를 잃을 때도 적잖았지만, 어느 틈에 다시 자리가 만들어지곤 했다. 호랑이보다 무서운 팬데믹이 닥쳤을 때도 놀며 쉬며 아프며 이야기를 나눴고, 만나지 말라는 으름장이 있으면 줌으로라도 만났다.

이야기의 주제를 정하고 알아서 해당 자료를 찾아 읽은 뒤에 저마다 자신의 생각을 글로 써서 발표하는 식이었다. 이삼 주를 주기로 글 한 편을 써야 하는 일정이 쉽지는 않지만, 지금껏 이어지고 있다.

자료에 대해 덧붙이자면, 처음에 나는 전문가들이 읽기 좋게 정리한 '대표적' 옛이야기들을 자주 봤다. 그런데 이분들의 친절한 '길잡이'는 '교훈'이라는 옹색한 방향으로 흐르기 일쑤여서 매끄러운 문장 솜씨에도 불구하고 생동감을 느낄 수 없었다.

대부분 가부장인 그들의 옛이야기 작품에서 여성은 살아 있는 인간이 아니라, 아내나 어머니로 준비된 존재일 뿐이었다. 고전에서 그랬던 것처럼 현재의 '대표적' 옛이야기에서도 여성의 생각과 감정과 욕망은 그들의 의도대로 편집되고 있었다.

지워진 이야기를 찾으려면 여자들의 목소리를 직접 듣는 수밖에 없었다. 지금은 어떤 이야기든 〈한국구비문학대계〉에서 먼저 찾는다. 거기에는 1979년부터 최근까지 녹음해 둔 생생한 이야기가 수만 편 실려 있고, 인터넷에서 누구나 검색하여 읽고 들을 수 있다.

　　옛이야기를 만난 지도 여러 해가 지났다. 지금은 고전 강독과 옛이야기 공부를 느슨하게 이어가는 중이다. 두 갈래 공부는 각각 함께하는 벗들이 다르지만, 내겐 다르게 느껴지지 않는다. 이천 오백 년의 차이가 있다지만 인간은 크게 변하지 않았고, 고대 문자나 노인정 할머니들의 말이나 소통이 어렵기는 마찬가지다.

　　그동안 배운 것은 고전이든 옛이야기든 주인공은 언제나 '나'이고, 공부는 자유로워지기 위해 한다는 점이다. 장벽도 감옥도 모두 이야기일 뿐이다. 열쇠는 어떤 이야기에도 휘둘리거나 잡아먹히지 않고 자유로이 들어가고 빠져나오는 내공을 기르는 것. 그리하여 살아남는 것이 목적이다. 그것이 옛이야기의 영원한 결론인 해피엔딩이며, 고전에서 말하는 생생불이(生生不已)의 가르침이다. 하늘은 무심하고, 인생은 공정하지 않지만 삶은 이어져 왔고 나 또한 지금 살아 있다.

옛이야기의 바다에서 '혐오로 가득한 막장 드라마', '교훈을 주려고 의도된 서사'는 이야기를 덮고 있는 두터운 먼지에 그칠지 모른다. 팥죽 할머니는 달걀, 자라, 알밤, 개똥, 송곳, 절구통, 멍석, 지게의 도움으로 호랑이한테 잡아먹히지 않고 살아남아 영원한 이야기가 되었다. 이제부터 전하려는 것은 호랑이의 훈계가 아니라 만만찮은 여자들, 할머니와 어머니와 나와 우리 딸 들의 이야기다.

이 책은 몇 년간 팥죽할머니 모임에 제출한 글쓰기 숙제의 일부다. 글 가운데 몇몇 편은 〈페미니스트 저널 일다〉에 연재되기도 했다. 짧은 식견과 모자라는 글솜씨에도 지면을 허락해 주신 덕분에 출판이라는 과분한 기회를 얻었다.

이 글을 쓰는 동안에도 고마운 분들의 얼굴이 끝없이 떠오르지만, 일일이 언급하지는 않겠다. 팥죽할머니 모임은 말할 것도

없고 〈한국구비문학대계〉(gubi.aks.ac.kr) 검색 서비스를 제공해
주신 한국학중앙연구원에 대하여는 무한한 감사를 드린다.


　　2022년 10월
　　심조원

## 여자는 어머니 ——— 로 태어나지 않는다

## 옛이야기는 영웅을 믿 ——— 지 않는다

어디든 가는                                    나—

──────────────────── 뻔     여자들

# '우렁이 각시'는
# 당신이 아는
# 그런 이야기가 아니다

　　주변 사람들 예닐곱 명에게 우렁이 각시 이야기를 아는지 물었을 때, 안다고 한 사람들은 거의 다 '우렁이 껍질 속에서 몰래 나와 밥 차려 놓고 가는 아름다운 처녀 이야기'라고 대답했다. 결말을 아는지 물으니 순박한 총각과 잘 사는 걸로 끝난다고 했다.

　　그런데 뜻밖에도 〈한국구비문학대계〉나《한국구전설화》(임석재, 평민사, 전 12권)에 실린 우렁이 각시 이야기는 아래 인용글과 같이 비극으로 맺는 경우가 더 많다.

> (나라님이 각시를) 디리고 가 부렀대요. (…) 각시 찾을라고 오만 디를 다 뒤뿐게(뒤지니까), 그 나래님이 디고 살드랴. (…) 그냥 각시를 못 디리고 온게로 접동새, 죽어서 새가 돼 갖고 가서 (…) "지저구 지저구 지저구." 그려 쌌드래야. (…) 그 사람은 죽어 불고, 나랫님허고 부자로 살었대요, 각시허고.
>
> -한국구비문학대계, 1985년 전북 정읍 이금녀의 이야기

(마느래를) 사또님이 데려가 부렀다고 하드라우. 그랑께 때를 기다리고 가만 뒀으면 자기 마느래 노릇 하것인디. 가 분께 울고불고 몸부림치고 댕겨 봤자 무슨 소용 있었소? 할 수가 없는 일이제. 그래 갖고 사또님한테 갔지라우. 가서 즈그 마느래를 주락 한께 마느래를 주꺼이요? 마느래를 안 주제.

-한국구비문학대계, 1984년 전남 해남 이난자의 이야기

이렇게 굳게 믿었던 집단의 기억은 사실과 어긋나기도 한다. 하긴 각시의 입장에서 보면 나라님(감사나 원님)에게 새로 시집가서 오래오래 잘 살았다고 하는 결말은 비극도 아니다.

구술 채록본들에 따르면 〈나무꾼과 선녀〉처럼 〈우렁이 각시〉도 주로 여성들이 이야기한다.

내가 유년기를 보냈던 1970년대 경상도 농촌의 살림집은 대개 방이 두 개였다. 사랑방에는 남자들이 생활하고, 안방에는 여자들이 묵었다. 실제로 1885년에 태어나신 내 할머니는 사 남매를 두셨는데, 사 남매 가운데 방에서 들어선 아이가 한 명도 없다고 하셨다. 젊은 부부조차 둘만의 방을 갖기는 어려웠으며, 여성은 대부분의 시간을 여성들끼리 보냈다.

S 고모는 마을에서 강을 건너 오십 리 남짓 떨어진 곳으로 출가하셨는데, 젊어서 남편을 여의고 시동생의 아들을 양자로 들여 키우며 평생을 홀로 사신 분이다. 몇 년에 한 번씩 친정 나들이를 할 때면 우리 집에서 하룻밤 묵으시곤 했는데, 이분이 이야기를

참 재미나게 하셨다. 우리 집 안방에는 할머니와, 일찌감치 홀몸이 되신 큰어머니, 어렸을 때부터 큰어머니의 수양딸이 되어 고생하며 자란 H 언니, 그리고 부모님의 쪼들리는 서울 살림에 짐을 덜고자 한동안 큰집에 맡겨진 나까지, 네 여성이 지내고 있었다.

S 고모가 오시는 날이면 시집간 딸네가 왔다는 핑계로 고모 또래 친척 며느리들도 모여들었다. S 고모는 이야기판을 쥐었다 폈다 했다. 그때 들었던 이야기가 하나하나 생각나지는 않지만, 그 밤의 생동감은 잊을 수가 없다. 이야기가 무르익을수록 엉큼하고 불경스러운 발언들이 무람없이 오갔으며, 욕망을 감춘 채 교훈 따위에 숨는 일은 없었다.

어린 아이였던 나는 행여나 이야기 흐름을 놓칠까 봐 안간힘을 쓰며 깨어 있었지만, 눈치껏 딴청을 피우거나 자는 시늉을 하기도 했다. 어떤 대목에서는 '나도 다 안다'는 신호를 함으로써 이야기판의 흥을 돋우며 자리를 굳히기도 했다.

〈우렁이 각시〉 이야기도 이렇게 자랐을 것이다. 안전하다고 느껴야 비로소 연한 속살을 드러내는 우렁이처럼, 진짜 이야기는 이런 자리가 마련되어야 술술 풀려나온다. 몸과 욕망의 주체임을 숨기지 않아도 되는 여자들의 방에서 이 이야기를 다시 읽어 보자.

새벽이나 되닝깨, 바시시 두멍(물독) 채반이 열리더니 우렁 속이서 기가 맥히는 천하일색 색시가 나오더니 밥을 지어서 놓구서 또 들어가요. 들어가서 붙들구 싶응 걸 참었어. 나중사를 보자구. (…) 사흘 저녁을 또 지켰는디, 또 그러거든. 이번에는 꼭 붙들 게라구.

막 들어가능 걸 갖다가 치맛자락을 꼭 붙들었어요. 그러니까 사정을 하능 거여.

"그러지 말라. 때가 되머넌 내가 당신하구 인연 있어 살루 왔는디, 어디루 갈 사람 아니니까, (…) 지레 이렇게 하머넌 풍파가 생기구 하닝깨, 때를 찾이라."구.

"때가 무순 때냐구. 안 된다."구. 꼭 붙들어서 혼인을 지내구 인제 살어요.

- 한국구비문학대계, 1983년 충남 공주 유조숙의 이야기. 이하 같음.

색시에게 우렁이 껍질은 '자기만의 방'이다. '때가 되어' 서로의 어둠을 온전히 받아들이기 전까지는 사랑조차 벗어날 수 있는 자기만의 안전한 공간이 있어야 하는 것이다.

그러나 총각은 '천하일색'인 겉모습과 밥상을 차리는 손에 안달을 낼 뿐 색시의 내면에 다가가려 하지 않는다. 그에게 우렁이 껍질은 둘 사이를 가르는 거무튀튀하고 딱딱한 흉물에 지나지 않는다. 생기발랄하던 처녀는 아내라는 이름으로 그의 부엌에 갇혀 버렸다.

"어머니, 저 새사람 시켜서 밥을 내보내시지 말구 어머니께서 꼭 갖다 주세요."

"염려 마라."

이럭하구 약속을 하구 갔어요. 갔는디 막상 그 시어머니가 밥을 저서, 가난한 집 생활이라, 누룽밥 같응 게 먹구 싶구, 자기가 가구

나먼 그 며느리가 다 먹을 거 각구 그러닝깨, 밥을 해서, "니가 좀 갖다 줘라, 오늘랑." (…) 일껏 아들에 부탁받구서두 밥 꽝우리를 해서 내보냈네요.

그런데 부엌에는 또 다른 위계가 있다. 총각의 어머니는 며느리에게 부엌의 주도권을 넘길 생각이 없다. 덕분에 색시는 밥 꽝주리를 이고 부엌문 밖으로 나가게 되었다. 어두운 집 안에 갇힌 채 누룽지만도 못 한 대접을 받던 색시는 햇살 아래 환한 들판으로 나아간다.

색시의 빛나는 아름다움을 알아본 것은 마침 지나가던 원님(나라님이나 감사일 때도 있다.)이다. 색시는 언덕 아래로 몸을 숨기지만 서기(瑞氣)까지 감출 수는 없다. 원님과 색시의 숨바꼭질은 꽤 길고 로맨틱하게 묘사된다. 원님이 말을 타고 오다가 말을 끄는 하인에게 언덕 밑에 무엇이 저렇게 환한지 알아보고 오라고 한다.

인자 원님이 어디 말을 타고 갔다 오든가 말끄뎅이 잡은 사람보고,
"뭣이 언떡 밑에가 저렇게 훤허다냐? 가 봐라."
근게로 가서 본게 각시가 엎졌은게(엎어져 있으니까) 이렇게 훤혀.
(…) 원님이 찾는단게 은가락지 하나 벗어 줌서,
"이 은가락지가 훤허다고 허쇼."
그러고 갖다 준게, "아이 그려도 훤허다. 또 가 봐라." 근게 마저 또 벗어 준게, "그리도 훤허다 또 가 봐라." 헌게는 옷을 벗어 줘도 그리도 훤허다 혀 놓고는 (…) 그 사람이 오더니 각시를 말에다 둘러

태 갖고 갔어.

-1985년 전북 정읍 김판례의 이야기. 이하 같음.

각시는 서기가 가락지와 옷에서 나왔다고 여기지만, 원님은 아름다운 빛의 실체를 알아보고 몸소 다가간다. 각시는 정조를 지키려고 혀를 깨물기는커녕 원님의 말 위에 나란히 올라탄다. 채록본에 따라 말 대신 앞가마를 내주고 각시를 맞이하기도 한다. 총각은 억장이 무너지겠지만 우렁이 각시는 원님과 함께 잘 먹고 잘 살았다고 한다.

불쌍한 총각은 어떻게 됐냐고? 원통함을 못 이겨 새가 된 뒤에 어머니를 원망하기만 하다가 색시의 손에 영원히 묻히고 말았단다.

그 사람이 그냥 새가 되어 버렸는디, 원님이 물팍에 누워서 (…) 이를 잡고 있은게로 저 말뚝에 가서 새가, "는들 는들 늬 탓이냐? 낸들 낸들 내 탓이냐? 부모 한 탓이제." 그러드라우.
새가 근게 이놈(원님)이 가서 (…) 팍 때린게 딱 꺼울러 죽었어. 새가 그렇게 각시가 서방인지 알고 얼른 줏어다가 살강 밑에다가 묻어 번졌드라우. 그려 갖고는 그저께 아침밥 잘 먹고 밥 얻어먹으러 와서 잘 살어.

여성들은 이 이야기에서 가부장제의 굴레에 갇힌 채 온전한 인간으로 대접받지 못했던 자신들을 위로하고자 했는지 모른다.

옛이야기는 대부분 여성들의 '말'이었으며, 남성의 문자로 재해석된 것에 한해 간신히 문학 대접을 받아 왔다. 그 과정에서 말한 당사자는 쉽게 지워진다.

더구나 어린이 교육용으로 재구성되면서 주류 사회의 교훈을 담는 수단으로 쓰이곤 했다. 그 과정에서 '묘령의 처녀가 몰래 밥을 해 주는' 남성 판타지가 이야기를 대표하게 된 것이다.

집단의 기억은 주류 남성들의 기획물이다. '효자로서, 착하고 부지런하게 살다 보면 평생 말없이 밥해 주는 예쁜 여성을 얻는다'는 따위의 얼토당토않은 헛소리는 여성들의 이야기가 아니다.

# 소란 떨고
# 냄새 피우는 여자

방귀 이야기의 주인공은 대부분 여성이다. 방귀는 누구나 뀌는데, 유독 여성의 방귀만 오랫동안 이야깃거리가 되어 왔다. 더구나 젊은 여자가 주인공일 때가 많은 것은, 그들에게 유달리 방귀가 금기시되어 왔기 때문이다. 국어사전에는 방귀를 항문에서 나오는 기체라고 했지만, 여성은 질에서도 방귀를 뀐다. 항문이나 질은 엉덩이 속에 깊이 숨겨진 구멍이며, '냄새를 피우는(放氣)' 곳이다.

냄새는 누구나 나지만 아무나 피울 수 없다. 위계 사회에서는 냄새도 권력이기 때문이다. 시아버지의 영토는 그의 냄새가 지배한다. 그의 사적 공간인 집 안에서 씨족으로 보나 젠더로 보나 외부자인 며느리가 감히 냄새를 피울 장소는 없다. 억압받는 방귀는 가부장 사회에 포위된 여성의 몸과 섹슈얼리티를 상징한다.

〈방귀쟁이 며느리〉는 그럼에도 불구하고 소리 내고 냄새 피우기를 포기하지 않았던 여자들의 이야기이며, 시아버지가 대표하는 가부장 사회와의 대립과 공존을 익살스레 그리고 있다.

> 이전에 한 사람이 며느리를 하나 턱 보이, 며느리가 시집올 때는 복
> 실북실하이 상(相)이 좋았는데, 시집을 포깨(조금) 살디마는 노랑
> 땡때이가 되거든.
>
> -한국구비문학대계, 2002년 김해군 김분임의 이야기. 이하 같음.

주인공은 건강하고 에너지가 넘치는 소녀였다. 남보다 방귀를 잘 뀌지만, 뀔 자리에서 뀌고 참을 때 참아 가며 아무 문제 없이 잘 자랐다.

사달은 혼인을 한 뒤부터 일어난다. 요즘 같으면 브래지어를 벗어던지고 활개 칠 사적 공간이 갑자기 사라져 버린 것이다. 며느리가 된다는 것은 자기 집과 자기만의 방으로부터 추방된다는 뜻이기도 하다. 어느 날 문득 '남의 식구'가 된 열댓 살 소녀는 '집사람'이 되어 시집, 곧 그들의 집에 갇힌다.

그녀는 언제나 집에 붙어 있어야 하지만, 동시에 없는 사람이 되어야 한다. 누군가 부를 때는 즉각 응답해야 하지만, 스스로 소리를 내거나 눈에 띄어서는 안 된다. 귀 막고 삼 년, 입 닫고 삼 년, 눈 감고 삼 년을 지내며, 살림을 불리고 아들을 낳아 그나마 자리를 얻을 때까지는 숨만 쉬고 살아야 한다.

아직 소녀인 미성숙한 몸이지만 그녀가 키우고 가꿔야 할 것은 자신의 몸과 마음이 아니라 그들의 집안이다. 며느리에게 성장은 고려되지 않으며, 먹고 말하고 방귀 뀌며 성적 즐거움을 찾는

몸은 허용되지 않는다. 여자의 에너지, 곧 생기는 소통할 길을 잃고
감옥이 되어 버린 몸에 갇힌다.

시아버지가 가만 보이 걱정이라. 이래서,

"며느라, 니가 와 얼굴이 와 철색(鐵色)이 지노?" 이러카이,

"예, 아버지예 제가 방구를 몬 뀌서 그랬읍니더." 카더란다.

"야, 야, 방구로 뀌라. (…) 방구로 안 뀌고 살 수가 있나? 방구로 뀌
라."

시아버지는 며느리의 복스럽던 얼굴이 오이꽃처럼 시들고,
쇠붙이처럼 파리해졌을 때에야 비로소 무언가 어긋나고 있음을 알
아차린다. 며느리가 방귀를 못 뀌어 그렇다고 하자, 시아버지는 선
뜻 그깟 방귀 따위가 문제냐며 어려워하지 말고 뀌라고 한다.

방귀를 참을 일이 없는 시아버지로서는 며느리의 고통이 얼
마나 큰지 알 리가 없으므로 대수롭지 않게 여긴 것이다. 아랫사람
의 방귀가 유쾌할 리 없지만, 그에게는 집안에 아무 문제가 없는 것
이 무엇보다 중요하므로 며느리가 어서 정상적인(?) 상태로 돌아
오기만을 바랄 뿐이다.

그러나 며느리는 그가 바라는 대로 응답하지 않는다.

"새이(올케)는 저 모퉁이 기둥 잡고, 아범은 앞 기둥 잡으소." 이래
카거든. 이놈우 방구가 얼매나 크게 낄란지 그러 카이께네, 그 시
아버지는 앞 기둥 잡고, 신랑캉 모퉁이 기둥 잡고 있으이께, 방구

를 한 대 펑 터자 놓이께, 집이 꺼떡하게 넘어가 뿌거든.

우레 같은 방귀로 온 집안을 뒤흔든 것이다. 그동안 눌러 왔던 답답함과 분노가 단숨에 터져 나와 가마솥 뚜껑이 날아가고, 기둥이 흔들리고, 신줏단지가 엎어진다. 그들은 공포에 사로잡힌다. 외부인인 며느리가 괴물 같은 힘을 품고 있음이 드러났기 때문이다. 시아버지는 서둘러 며느리를 자신들의 땅에서 몰아낸다.

또 이쪽으로 끼 노이까 이쪽으로 집이 꺼떡한다 말이지. 집을 이리 자빠치다가 저리 자빠치다가 그마 집이 다 찌그저 가거든. 어떻기 (어찌나) 보골이 나는지 "에레이 빌어무을 거 이년을 데려주야 되겠다." 인자 데리다주러 간다.

채록본에 따라 며느리가 쫓겨나는 데서 이야기가 끝나기도 하는데, 쫓겨나다 말고 도로 돌아가는 이야기가 더 많다. 며느리가 다시 구명(?)되는 것은 시아버지의 목마름 때문이다. 며느리를 소박 놓아 친정으로 돌려보내는 길이니 시아버지인들 마음이 좋을리 없다. 속이 답답하고 입이 마를 터, 그런 시아버지의 갈증을 며느리가 방귀로 해갈시켜 준 것이다.

며느리 옷보따리 싸가 데리고 가이께네, 어느 고개 하나 넘어이께네 배가 짜다라(매우) 많이 열려 있는데 "하 목도 마르고 그 배 하나 따 무우면 좋겠구마는." 이러 카이께네. "하, 그 따 무울라 카면 뭐 따 묵지요." 카이 "뭐 딸라 카이 뭣이야 있나?" 이러 카거든. "저 방구만 한 차례 터자 뿌면 뭐 다 떨어질긴데 뭐." 이러 카거든. 그래서 "그라면 하나 터자 봐라. 기양이면 하나 주어 묵자." 카이께, 배나무 밑에 가 방구로 '풍' 끼이, 배가 막 쏟아지거든. 실컷 주(주워) 묵고 가온다. 가오면서러 가만 생각해이, 이기 방구가 씨할 방구다. 데리주야 안 되겠다. 다부(다시) 데리오거든.

주역(周易)에서는 우레가 얼음 구덩이 밖으로 나오는 것을 해(解)라고 한다. 우레가 밖으로 나올 때는 천지를 놀라게 하지만, 봄을 부르고(해동), 아이를 낳고(해산), 세상을 촉촉이 적신다(해갈). 타는 목마름을 겪어 본 시아버지는 비로소 며느리의 고통을 알아챘는지 '씨할 방구'라며 걸음을 돌려 함께 집으로 돌아온다.

돌아간 며느리는 그들의 집에서 살아남았고, 지금까지 온 세상을 먹이고 입히며 자신들의 이야기를 이어 왔다. 쫓겨난 며느리도 마찬가지다. 그들은 소란 떨고 냄새 피우며 억척스레 살아남아 집을 흔들어 왔다. 세상은 아직도 며느리들을 가두고 작은 방귀소리에도 소스라치게 놀라지만, 이들은 방귀를 멈추지 않는다. 얼음을 녹이려면(해빙) 갈 길이 멀지만 봄이 오는 소리는 이미 심상치 않다.

# 불타는 땅,
# 천 명의 죽음으로
# 태어난 당신

　　옛이야기에서 막내딸은 착하고 희생적인 인물로 그려질 때가 많다. 그런데 〈여우 누이〉의 주인공은 이런 통념을 홀딱 뒤집는다. 그녀는 악당이다. 낮에는 '예쁜 짓'을 하고 '애교'를 부리는 부잣집 막내딸이지만, 한밤이 되면 붉은 꼬리와 이글대는 눈빛을 드러내고 야수로 돌변한다.

　　더 오싹한 것은 여느 여성 악당들과 달리 그녀에게는 피해자 서사가 없다는 점이다. 그녀는 자신이 겪은 젠더 폭력에 대해 복수하려는 '한 많은' 여자가 아니며, 꼬집어 응징해야 할 가해자가 없다. 피도 눈물도 없는 이 악당에게 앳된 여성의 얼굴은 성능 좋은 가면일 뿐이며, 성 역할은 비장의 공격 무기가 된다.

　　악의는 없다. 목표는 오직 하나, 사람이 되는 것이다. 천 명을 잡아먹어야 될 수 있다는 그 '사람'은 고작 '여우 같은 여자'가 아니다.

살림살이가 참 부유해. 아들 서이, 셋만 낳아서 키왔거던. (…) 한정
도 없는 살림살이에 짐승을 먹여도 한두 바리 안 멕이고 한두 가지
짐승만 안 믹이고 이랬는데. 그리이 그 여자가, (…) "붙여술(붙여
우일)망정이라도 딸을 하나 놓도록 해 달라."고 오래, 사철 단을 모
아 놓고 축원을 하거든. (…) (명절 때마다 남의 집 딸들이) 친정
온다, 처가 온다 하이께네 고거 불벘그던(부러웠거든). (…) 그래
한번은 태게(胎氣)가 있어가 주 낳아 보이께네 딸을 낳는데 (…)

-한국구비문학대계, 1984년 경북 예천 윤만세의 이야기

그 집은 부자다. 소와 말이 외양간에 그득하고, 권력과 부를
대물림할 아들도 셋이나 있다. 단 한 가지 빈구석이라면 남에게 자
랑할 딸이 없다는 것뿐이다. 농경 사회이자 지독한 가부장 사회에
서 허물 축에 낄 일도 아니지만, 열쇠는 언제나 풍요로움이 아니라
결핍된 하나에 있다. 이 집 내외는 없는 나머지 하나를 채우지 못해
안달이다. 때문에 이들의 신은 풍요로움을 축복할 기회를 놓치고,
그들과 꼭 닮은 욕망 덩어리를 고명딸로 선물한다. 그러나 아름다
운 고명딸은 고명의 자리에 머무르려 하지 않는다.

그저 즈 아버지 말부텀 죽기 시작하는디, 그저 하룻저녁이 나머넌
말 하나 죽거덩? (…) 큰아덜더러 뭐가 그렇게 어트게서 말이 죽는
지 보라구 그라닝깨, 그년이 밤이 나오머넌 이렇기 손이다가니 찬
지름을 발러 가지구서는 말 궁딩이다가 똥구녁이다 느 각구서는
간을 내먹더랴. 이렇게 느서는 내서 먹으면 '펑' 하구 자빠지더라너

먼 그랴? (…)

저놈으 새끼 제 동상 하나 있능 거 쥑일라구 (거짓말) 한다구 말여.

(…) 그러닝께 큰아들이 내뺐단 말여.

-한국구비문학대계, 1984년 충남 공주 송명순의 이야기

밤마다 딸이 찾는 것은 말의 간이다. '간을 빼먹는다', '간이 크다', '간담이 서늘해진다'는 표현처럼 간은 생명의 정수이자 위엄과 용기를 주관하는 장기다. 더구나 말은 민가에서 흔히 기르던 소와 달리 행정과 전쟁에 동원되는 짐승이다. 막내딸이 갈망하는 '사람'은 정치, 군사, 권력의 주인이며, 천 명을 죽여야 얻을 수 있는 절대 권력자의 자리다.

막내딸에게 동원 가능한 수단은 탄생을 주관하는 여성의 성역할이며, 첫 번째 제거 대상은 가만히 있어도 모든 것을 물려받을 아들들이다. 막내딸은 오라비들이 지켜보는 가운데 새끼를 받아주는 산파를 가장하여 눈도 깜짝 않고 말의 목숨을 빼앗는다.

막내딸의 전략은 적중한다. 아버지가 도리어 목격자인 아들들을 내쫓은 것은, 미심쩍게 여겨 오던 아들들과 달리 막내딸을 의심해 보지 않았기 때문이다. 어린 소녀가 감히 성인 남성의 권력을 탐하여 '요망스레' 자리를 넘보리라고는 상상조차 못 한 것이다. 티 없는 그의 막내딸은 아버지 등 뒤에서, 가장 내밀한 공간인 안방을 근거지로, 부엌과 외양간을 오가며 치밀하게 한밤의 전쟁을 이어간다.

한편, 쫓겨난 아들은 정처 없이 떠돌다가 노인의 낚싯줄에

걸린 자라를 보고, 노잣돈을 몽땅 털어 구한 뒤 강물에 놓아준다. 아이들이 새끼줄에 묶어 끌고 다니던 거북을 사서 풀어 줬다고도 한다. 자라나 거북은 용왕의 자식이다. 용왕은 깊고 넓은 바다에서 거대한 품으로 온 세상을 다스리는 인물이지만 자기 자식을 바늘로 낚고, 새끼줄로 끌고 다니며 학대한 어리석은 땅의 인간들을 응징하는 대신, 자식을 구해 준 은인을 용궁으로 초대한다. 용왕의 아들은 왕자의 신분인데도 해맑은 아이의 얼굴로 큰아들을 용궁으로 안내한다.

한밤쭘은 되이께네 환해지디마는 한 동자 아가 풀숙 솟아. (⋯)
"내 뒤에 헐대(혁대) 바지를 꼭 쥐고 눈을 꼭 감고 내 오는 대로만 따라오고, 내가 눈을 뜨라 그거든 뜨고, 뜨지 마라 소리 하잖은 전에는 뜨지 마시오."
(⋯) 얼매만큼 갔던동, "자, 이젠 눈 뜨시오."
눈을 떠 보이 지리펀펀한 기와집만 시글시글했지, 생전에 안 보던 데그던. 그리이 용왕국을 드갔어. (⋯)

– 한국구비문학대계, 1984년 경북 예천 윤만세의 이야기. 이하 같음.

큰아들은 용왕의 사위가 된다. 물의 신이자 검은 무사인 현무의 배필이 된 것이다. 여우가 욕망으로 세상을 불태우는 붉은 불이라면, 모든 물이 흘러드는 바다의 검은 현무는 세상의 모든 빛깔을 품고 다룬다.

현무는 폐허가 된 고향을 잊지 못하는 남편을 위해 두 가지

무기를 마련해 준다. 채찍으로 다뤄야 하는 힘센 말 대신 비루먹은 말 한 필과, 날카로운 칼 대신 네 가지 빛깔을 담은 둥근 호리병이다.

> 말을 타고 말 가는 대로 놔두고 육지를 나왔는데 (…) 인간 씨는 본래 없고 삿갓만 한 집이 있는데 큰 소만 한 불여시가 (…)
> "아이구, 오라버, 어데 갔다 인제 오시니껴!"
> (…) 먹을 게 있다고 갖다 주는 거 보이, 손톱 발톱 말짱 그게래. 그러이 그걸 차마 먹을 수도 없지.
> "야야, 내 들오다 보이 그 질섶에 불기(상추) 좋은 게 있더라.
> 그걸 한 이파리 뜯어 가 주 씨이(씻어) 가주 오마 내 쌈을 싸 먹었으마 좋을따."
> (…) 요래 또 나가다마다 되돌아서서 (…) 요놈 실을 요 손목에 매 놓고 살금살금 땡겨 봐 가마서 고 부루(상추) 있는 데로 가그던.

정복자가 된 여우 누이는 실과 밥과 손톱, 발톱으로 통치하고 있다. 실로는 묶고, 밥으로는 달래고, 죽은 자의 손톱과 발톱으로는 공포를 짓고 퍼뜨린다. 손목을 옭아맨 끈은 아주 오래된 폭력이다. 앞에서 아이들이 거북을 학대할 때 쓰던 새끼줄과도 겹친다. 밥은 '밥이나 먹고 가라'는 여성적인(?) 지배 방법이다. 안방은 대접받는 자리지만, 칼자루는 부엌에 있기 때문이다.

> 그 실을 풀어서 거적 문에다 짜매 놓고서는 말은 타고 잡목 속으

로 빠져나간다. 빠져나가이 요년의 지집아가 (…) 곧 따라오만서 아우성을 치그던.

이어지는 이야기는 알려진 것과 같다. 여우는 "말 한 끼, 사람 한 끼, 두 끼 먹을 것을 놓쳤다. 한 사람만 더 잡아먹으면 천 명을 채워서 사람이 될 수 있을 텐데, 아이고 억울하다."며 필사적으로 주인공을 쫓는다. 큰아들은 호리병 네 개를 차례로 던져 여우를 불태우거나 물에 빠트리거나 얼음에 가둬 죽이고 살아난다. 그리고 아버지의 땅을 등지고 아내의 큰 바다로 돌아간다.

실제로 여우라는 동물은 산 사람을 잡아먹거나 소나 말을 공격하지 않는다. 마을 근처 야산에 굴을 파고 쥐를 잡아먹으며 산다. 그러니 현실에서는 여우 때문에 마을이 폐허가 되기보다 이미 폐허가 된 마을이 여우를 불러들인다. 전쟁이나 기근, 전염병이 휩쓴 뒤에 쑥대밭이 된 마을이라면, 사람이 사람을 잡아먹는 세상이라면, 주인 없는 무덤에 여우들이 몰려들지 않겠는가. 지금까지 그런 세상을 만들어 온 것은 남성 가부장 권력이다. 여우는 사나운 땡볕을 반사하는 거울처럼 아버지인 당신을 '미러링'하고 있는 '빌런'인 셈이다.

한편, 거북은 여우가 재현하는 불의 폭력으로부터 세상을 구한 '슈퍼히어로'이자, 여우를 넘어 더 나은 세상을 그리는 이야기꾼들 자신이기도 하다. 오늘도 드넓은 이야기 바다에서 검은 무사인 그녀들은 세상의 모든 빛깔 중에서 또 다른 이야기를 호리병에 담고 있다.

# 내 배꼽 밑,
# 검은 선의 힘

같은 부모 밑에서 태어나도 유난히 의사 표현을 똑 부러지게 하는 아이가 있다. 〈내 복에 산다〉의 막내딸이 그런 아이다.

> 옛날에 정승집이 딸만 삼 형제를 뒀는디 (…) 딸만 키워도 하두 이뻐서 큰딸을 데려다가, "아무것이야, 너 누구 복이루 먹구사냐?" 하니께, "아버지 복이루 먹구살지유." "너는 됐다." (…) 또 둘째 딸을 불러다가 그눔두, "하이구, 아버지 복이루 먹구살지유." 그런게 인제 그눔두 됐다 그러구.
> 막내딸을 데려다, "너 누구 복이루 먹구사냐?" "내 복이루 먹구살지 누구 복이루 먹구살어유!" 그라더랴. 그랑게 하두 괘씸해 가지구 (…) 엄마 아버지가 집이를 못 들어오게 쫓아내 버렸대유.
>
> ─한국구비문학대계, 2018년 충남 계룡시 도중열의 이야기

힘을 가진 자의 많은 질문이 그렇듯이 아버지는 딸의 생각

을 물은 것이 아니다. 성장기의 딸에게 범해서는 안 될 가부장의 지위와 가족 내부의 위계를 뚜렷이 해 두고자 해 본 소리다. 그런데 막내딸이 분위기 파악을 못 하고 굳이 자의식을 드러내어 심기를 건드린 것이다. 눈치껏 말 대접을 해야 할 자리에서 또박또박 말대답을 했으니 괘씸죄를 지은 셈인데, 딸이 쫓겨나기에 이르렀다니 쌓였던 갈등이 적지 않았던 모양이다.

이야기는 덤덤하게 흐르지만 현실에서 이런 장면은 아래 글과 같이 폭력과 상처로 얼룩질 때가 많다.

> 그런데 나는 아버지한테 당하는 폭력에 일일이 대들었잖아. 내가 뭘 잘못했냐고, 잘못했더라도 왜 때리냐고. 그렇게 대들면 대든다고, 잘못했다고 안 한다고, 더 맞았지. 난 잘못했다는 말이 죽어도 나오지를 않았어. 그 매를 다 맞으며, 때리는 아버지를 똑바로 쳐다보고 이를 갈았어. 그러면 아버지는 "어디다 눈을 부릅뜨고 이를 가냐"며 더 심하게 때렸어. (…) 아버지의 그 눈빛을 지금도 기억해. 제정신이 아닌 그 눈빛을.
>
> -《천당허고 지옥이 그만큼 칭하가 날라나?》, 최현숙, 이매진, 2013

지금까지도 가정 폭력은 '집안일'이고, '버릇을 고치는 것'은 가부장의 권리이자 책임이라고들 한다. 이는 당연히 가부장의 말일 뿐이다. 모든 폭력에는 가해자와 피해자가 있지만, 아버지 소유의 '안전한 집안'에서 일어나는 '따끔한 훈육'을 '딸린 식솔'들은 폭력이라고 말하기 어렵다. 가부장의 난폭하거나 무례하거나 생각

없는 말과 행동은 '다 널 위해서 베푸는', '아버지 덕'의 하나로 대접받기 일쑤다. 막내딸이 쫓겨나기를 무릅쓰면서도 받아들이지 못한 것은 아버지 덕을 구성하는 폭력적 요소들이다.

> 그놈을 가지고 한없이 가는디, 저기 숯무지 총각이 있더래요. 거 가서 나 좀 재워 달라고 그러니께, 장개도 못 간 늙은 총각하고 어머니하고 사는디, 그렇게 반들반들한 서울 아가씨가 왔으니 얼마나 좋을껴.
> 그러니께 이냥 자기는 못 자구 이불을 못 덥구 그래두 이니를 (…) 이불을 덮어서 방에다 재워 줬디야.
>
> ―한국구비문학대계, 2018년 충남 계룡시 도중열의 이야기. 이하 같음.

속이 숯덩이가 된 채 떠돌던 막내딸이 흘러든 곳은 숯막이다. 평소에 "그렇게 고집부리면 숯장수한테 보내 버린다."고 을렀을 법한 곳으로, '아버지 덕'의 울타리 밖에 있는 신분 사회의 밑바닥이다. 비정하게 추방된 어린 여성은 캄캄한 산속에서 오로지 '내복'으로 살아남아야 한다. 막내딸은 아버지의 추방을 독립으로 바꾸기로 한다.

> 아직 예는 안 갖췄지만 밥은 제가 갖다 준다고 메느리가 밥을 가지구 아이구 산이루 올라가는디, 그 숯무지 구딩이가 그냥 번쩍번쩍하드래유. (…) 그러니께 남자보고, 오늘 그 이마돌 좀 하나 빼가지고 오라고. 한게 이 사람이 낙심천만을 하고 깜짝 놀라드랴. "우

리는 이걸루 두 모자가 먹고 사는디, 이걸 뿌시면 어떡하냐." "아이

어떻게 됐던지 간에 하나를 파 오라."고 했대. (…)

그걸 파 가지구 와서루 집이 왔는디 그냥 자기가 물을 뷔, 옹달 솥

이다 물을 끼얹겨 가메 사뭇 쑤시미로 닦으라고 하더래유. 그라더

니 생금덩어리가 됐대유.


숯장수 총각은 아버지와는 다른 남자다. 오갈 데 없는 막내

딸을 귀한 사람으로 대접하며 따뜻하게 맞이한다. 그는 순하지만

자기 주관이 뚜렷하다.

흔히 팔불출이니, 여필종부니 하며 부부 사이의 사랑과 신

뢰를 공격하는 가부장제의 악의적인 규범에 대해 개의치 않는다.

아내가 돌을 보고 금이라고 했을 때조차 '곱게 자라 세상 물정 모르

는 여자'의 헛소리로 넘기기는커녕 기꺼이 전 재산인 숯가마를 헐

어 아내를 뒷받침한다.

막내딸이 알아본 금덩이는 숯가마의 이마에 있다. 그것은

가마의 중심에서 이글대는 황금 불꽃이다. 숯은 타 죽은 나무에 지

나지 않지만, 황금빛으로 달아오르면 돌을 녹여 쇳물을 만드는 엄

청난 힘을 뿜어낸다. 인류 문명을 일으킨 대장간의 열기는 검은 숯

이 불의 눈을 떴을 때 얻을 수 있었던 것이다. 막내딸이 찾은 것은

신분과 나이와 젠더라는 그을음 속에 가려져 있던 뜨거운 생명력

이자 불처럼 일어나는 기운이다.

제주도에서는 이 이야기가 〈가문장 아기 이야기〉로 알려져

있다. 막내딸인 가문장 아기는 누구 덕에 사느냐는 아버지의 물음

에 "내 배또롱 아래 선그믓 덕으로 먹고 입고 잘 삽니다."라고 대답한다. 배꼽 밑에 서 있는 검은 선은 여성의 생식기를 말한다. 대지의 덕을 품은 자신의 섹슈얼리티와 하늘 아래 하나뿐인 몸의 존엄함으로 산다고 대답한 것이다. 총각의 검은 숯가마와 가문장 아기의 불두덩은 탄생과 창조의 샘이라는 점에서 같은 곳이다.

둘은 검댕을 덮어쓴 채 박혀 있던 돌을 모셔다가 맑은 물로 정성껏 씻어 숨어 있던 황금빛 속살을 드러낸다. 가부장제 가족 제도가 막내딸에게 덮어씌웠던 검은 먼지도 시커먼 물과 함께 흘려보낸다.

그랑께 엄청 부자가 아녀. 그래서 그놈을 가지구 대목을 딜여서 집을 짓는디, 아무 목수두 다 필요 없다구 다 퇴짜를 놓드래유. 그래 워트게 집을 질라구 그러냐 그랑께, "다른 건 집을 잘하든 못하든 간에, 문을 열으믄 삐드득 소리 하지 말구, 내 복 소리만 하라구." 하더랴. 부엌문을 열어두 내 복, 대문을 열어두 내 복, 자기 복이루 먹고산다고.

황금과 함께 자존감을 되찾은 막내딸은 튼튼한 자신의 집을 짓는다. 그리고 남편의 이름으로 문패를 거는 대신 세상을 향해 자기 목소리를 내기 시작한다. 문을 여닫을 때마다 듣기 거북한 소리를 일부러 내도록 했다니 세상의 이목에 개의치 않고 발언을 이어가겠다는 뜻이다.

'내 복'의 메시지는 분명하다. 가부장의 부와 권력은 그가 홀

릉해서 독점할 수 있었던 게 아니며, 돌을 금으로 만드는 복은 공감하고 지지하는 따뜻한 관계에서만 지을 수 있다는 것이다.

한편, 거지가 된 아버지는 떠돌아다니다가 막내딸의 집을 찾는다. 결말은 대부분 딸이 아버지를 잘 모셨다는 것이다. 어린 시절 두렵고 원망스럽던 사나운 범은 이제 없다. 다시 만난 아버지는 늙고 병든 한 사람일 뿐이다. 딸은 오래 묵은 그을음을 닦아 내듯이 벌거벗은 아버지의 쭈글쭈글한 몸을 씻어 주며 그를 용서하고 이야기를 맺는다. 늙고 병든 아버지와 중년의 딸 사이에 이런 장면은 낯설지 않다.

> 아버지도 나름대로의 꿈과 욕망이 있었고, 한계와 좌절과 후회가 있는 한 인간이야. 그 양반도 엄마나 내 입장에서는 기득권자이고 폭력의 가해자였지만, 다른 한편 피해자이기도 한 거지. (…) 엄마와 이 구술사 작업을 하면서, (…) 아버지라는 한 인간을 향한 나의 편견과 고정관념에서 나온 만남의 한계, 그런 걸 많이 깨닫게 됐어. 나 때문에 받았을 아버지의 상처도 가늠을 해 보게 됐고.
>
> ―《천당허고 지옥이 그만큼 칭하가 날라나?》, 최현숙, 이매진, 2013

〈내 복에 산다〉의 여러 채록본에서 아버지가 스스로 목욕을 했다는 대목은 찾기 어렵다. 이야기에서나 현실에서나 고통을 딛고 살아난 생존자는 '화해'라는 아름다운 의식을 준비한 채 가해자의 진심 어린 사과를 기다리지만, 가해자는 자기가 무슨 잘못을 했는지조차 모르는 때가 많다. 용서와 화해는 삶을 받아들이려는 생존자의 독백이 되기 일쑤다. 가족 관계의 폭력적인 위계 속에서도 억척스레 살아남은 막내딸들이 여전히 듣기 어려운 말은 아버지의 '미안하다'는 한마디다.

# 수탉이 울어도
# 선녀는 닭장으로
# 돌아가지 않는다

〈선녀와 나무꾼〉은 언제부터인가 '옛이야기 속의 여성 혐오'를 대표하는 이야기로 거론되어 왔다. 선녀의 몸을 보은의 선물로 주고받거나, 벗은 몸을 훔쳐보고 옷을 숨기는 장면처럼 지금은 중범죄로 여겨지는 성폭력과 약탈혼을 가해자의 눈으로 로맨틱하게 그린다는 혐의 때문이다. 논쟁 덕분에 적어도 '착한 남자는 예쁜 여자를 차지한다'는 얼토당토않은 교훈(?)을 대놓고 갖다 붙이기는 어려워졌다.

그렇다면 선녀는 그저 젠더 폭력의 무력한 피해자인가? 믿어야 할 점은 여자들의 삶이 그랬듯이, 수천 년을 이어 온 이야기가 그 정도로 허술할 리가 없다는 점이다. 가당찮은 교훈 아래 감춰진 여자들의 이야기 속으로 다시 들어가 보자.

> 부모를 모시고 사는 (…) 아주 착한 총각이 살았어요. 그래서 나
> 무를 하러 산에를 갔는데, (…) 노루가 한 마리가 막 뛰어와 가지

고, "살려 주세요. 살려 주세요." (…) 그러니까는 이 사람이 지게 뒤에다 (…) 숨겨 주었어. (…) 한참 있다 나니까는 (…) 사냥꾼이 헐레벌떡 와 가지고, "여기 노루 간 것 못 봤냐?"고. (…) "절로 갔다."고. (…)

사냥꾼이 간 댐에 노루를 꺼내 주니까는 노루가 고맙다고 인사를 하면서, "이 은혜를 진짜 뭘로 갚을 수 있겠느냐?" (…) 그러니까는, "(…) 색시 하나 얻어 주면 좋겠다."고. 그랬더니. "그러며는 밤에, 저 뒤에 가면은 연못에 (…) 선녀들이 내려와서 목욕을 할 때 (…) 선녀복을 하나를 감추라."고 그러드래.

—한국구비문학대계, 2017년 경기 동두천 김진주의 이야기. 이하 같음.

나무꾼은 가난한 산골 총각이다. 노루를 숨겨 주는 따뜻한 품성을 지녔지만 총을 든 가부장 사회의 일원이기도 하다. 그들 서열의 끄트머리에서 총 대신 도끼를 들고 나름대로 선하게 살고 있지만, 포수와 같은 눈으로 세상을 바라본다. 포수가 살아 있는 노루를 그저 사냥감으로 바라보듯, 총각은 '색시감'을 주고받을 수 있는 물건처럼 여긴다. 그들은 자신들이 기대어 사는 산속에 쫓고 쫓기는 힘의 질서를 넘어 다른 세상으로 이어진 연못이 있음을 까맣게 모른다.

총각이 이렇게 보니까, 진짜 선녀들이 와서 목욕을 하는데, 하나를 딱 감출을 했어, (…) 다 올라간 다음에 선녀 하나가 그냥 울면서 옷이 없으니까 못 가잖아요. 그래서 그 선녀를, "우리 집에 가서 같이 살자." 고. 인제 데려와서 사는데.

그가 몰랐을 뿐, 연못은 애초부터 산의 일부였다. 산의 몸에서 흘러나온 맑은 물은 크고 작은 새와 동물을 기르고, 하늘의 선녀들을 초대해 왔다. 평화로운 공존과 환대의 장소였던 것이다. 하지만 어둠 속의 사내는 처음 본 아름다운 연못을 정벌하기로 한다.

그가 훔친 날개옷은 선녀의 얼굴이자 영혼이지만 사내에게는 거추장스러운 껍데기다. 그에게는 아내가 되어 줄 몸이 필요할 뿐 하늘과 땅을 오가는 자유로운 영혼은 필요치 않기 때문이다. '착한' 나무꾼은 자기가 믿는 세상의 이치에 따라 망설임 없이 울고 있는 선녀를 가둔다.

이제 애를 셋을 낳았어. 셋을 낳서 진짜로 행복하게 막 그냥 재미나게 사는데, 하루는 선녀가 "아유 나 옷 한번 봤으면 좋겠다."고. 그러니까는 이 남자가 '아이구 인제 셋 낳는데 뭐, 이제는 괜찮겠지.' 그러구서는 선녀복을 내줬어. 그러께 이게 만지작만지작하다가 그냥 그걸 입고는 하나 업고, 하나 양쪽에 들고 훨훨 그냥 막 하늘로 날아간 거야.

대부분의 채록본에서 둘의 결혼 생활은 언급되지 않는다. 오죽 답답했으면 아이를 셋이나 데리고 집을 나갔을까도 싶지만, 여자들은 구차하게 설명하지 않는다. '나는 행복하지도, 재미나지도 않다'고 구구절절 말한들 그의 꽉 막힌 귀가 새삼스레 열릴 리 없으므로 날개옷을 찾자마자 미련 없이 떠난다. 원통한 피해자의 자리에 머무르는 대신, 하늘 사람의 본색을 찾아 아이들과 함께 날아간 것이다.

> (나무꾼이) 엉엉 울미, "궁산 밑에 궁노리야, 궁산 밑에 궁노리야."
> 캐민 울더란깨로 (…) 노리가 헐떡헐떡거미 뛰어오디만 (…) "그캐, 아아 서이 놀을딴에 주지 마라 켄디이 와 좆노?" 이라거등. "그래 하도 돌라 캐가 좆다." "그래 그렇거든 날 따라오너라." 또 따라갔어. (…)
> "그래 요오 가마이 앉아서 보다가 뚜르박(두레박)이 하늘에서 금 뚜르박이 하나 니러오고 두째 니러오거들랑 두째 거 물을 붓부고 (…) 설풋 올라가라." 카더란다.
>
> —한국구비문학대계, 1984년 경북 선산 김을년의 이야기

아이를 셋이나 낳고 살도록 나무꾼은 아내에 대해 아는 것이 없다. 어디서 왔는지 묻지 않았으므로 어디로 떠났는지도 알 수 없다. 심지어 처음 만났던 그 연못에조차 가 볼 엄두를 못 내고, 자기 연민에 빠져 울고 있다가 또다시 노루 덕에 간신히 아내의 뒤를 좇는다. 선녀는 아이들의 아버지인 나무꾼을 받아들인다.

그런데 그가 하늘 사람이 되려면 몇 가지 시험을 치러야 한다. 첫 번째 숙제는 숨바꼭질이다.

> "아버지 어머니가 닭 한 쌍이 돼 각구설랑은 두구(절구) 맡어서 말

여 그 곡식을 찍구 돌오댕길 거여. 그러거들랑 (…) '빙장님 빙모님 뭣이 못, 미물 짐승이 돼 각구서는 이렇게 돌아댕이느냐구 말여. 짓(겨) 속이 돌어댕기느냐.' 구 이렇게 말을 한마디만 허시요." 그러거든. (…)

아니나 달르까 크은 닭 한 쌍이 말여 도구 맡이설랑 '꾹꾹꾹꾹' 곡식 찍구 찍구 돌아댕기거든? 그러닝깨 즈이 처 허라는 대루, "빙장님 빙모님 뭣이 못 돼 각구서는 미물 짐승이 돼 각구서는 저렇기 치쓸구 돌아댕기느냐."구. 그러닝깨, 안 되겠으닝깨 뒵문이루(뒷문으로) 후루루 그냥 돌아가거든?

그래 밤이 자구 일어나니껀 옥황상제 내우간이 떠억하니 앉었어.

－한국구비문학대계, 1981년 충남 보령 편만순의 이야기

그가 찾아야 할 것은 미물로 변신한 아내의 부모님이다. 나무꾼이 모르던 선녀의 또 다른 정체성을 있는 그대로 받아들일 수 있는지 묻는 숙제인 셈이다. 상대방이 자기와 다르거나 낯설어도 존중하는 태도야말로 사랑의 바탕이자 하늘 사람의 첫 번째 덕목이기 때문이다. 이야기꾼에 따라 장인과 장모가 각각 닭과 구렁이로 둔갑하기도 한다. '천상의 배필(配)은 닭(酉)과 구렁이(辰)가 서로를 봉황과 용으로 섬기는 사이'임을 나타내고자 했을 것이다. 나무꾼은 문제도 답도 이해하지 못했지만 선녀 덕분에 첫 시험을 무사히 통과한다.

그러구 부인하고 거기서 살려고 그러는데, 장인이 (…) "너 내 딸하

구 살려면 인간에서 활을 쏴라."구 그러거던. 쏴라구 그러니까는 활을 쐈는데 누구네 외아들 겨드랑을 그냥 맞쳤거던. (…) 이 사람넨 초상이 나구 야단이 나지 않았나베,

-한국구비문학대계, 1981년 경기 강화 김순이의 이야기. 이하 같음.

두 번째 시험은 날아간 화살을 찾아오는 일이다. 화살은 어둠 속에서 연못을 노려보던 눈초리와 다르지 않다. 화살을 맞은 사람은 그것이 어디서 날아왔는지, 누가 왜 쐈는지 모른다. 가부장제의 젠더 폭력 앞에 놓인 여성의 처지가 이와 같다.

화살을 찾으려면 죽음의 냄새를 맡을 수 있어야 하므로, 선녀는 남편에게 강아지나 비루먹은 당나귀의 뒤를 따라가라고 일러준다. 하늘 사람이 되려면 속절없이 폭력을 감당해야 하는 약자의 고통에 깨어 있어야 한다는 뜻이다. 나무꾼은 여전히 아무것도 이해하지 못했지만, 선녀의 적극적인 도움으로 간신히 시험을 통과한다. 하지만 끝내 하늘 사람이 되지 못한다.

그냥 가만히 있었으면 괜찮았을 텐데 (…) "어머이 좀 보구 오겠다."구. (…) 새악씨(선녀)가 (…) 정히 가고 싶으면 인간에 내려가서 말에서 내리지두 말구 (…) 절대 박국을 먹구 오지 말라 그리거던. (…)

그래 인제 내려왔지. (…) 문 앞에 가서 어머이를 불렀거던. 그러니깐 어머이가 그냥 내달으며, "(…) 어서 들어오너라." 그러거던. (…) 할 수 없이 어미 말에 못 이겨서 (…) 말에서 내려 박국을 (…) 먹구

나와 보니까 벌써 말은 하늘루 치빼드랴. 치빼니까는 어떠캬? 말
이 없으니. (…)

죽어 가지구 수탉이 됐댜. 수탉이 돼 가지구 "꼬끼요" 하구 울쟎
아? (…) "박국일세." 하구 우는 거래, 그 소리가.

나무꾼은 다시 주저앉고 말았다. 수탉은 결코 하늘로 날아
오르지 못한다. 소란스레 홰를 치며 울어 봤자 닭장 안에서 군림할
뿐이다. 어머니의 닭장에서 우는 수탉은 모성°으로부터 분리되지
못해 끝내 성인이 되지 못한 미성숙한 아들의 모습이다.

안타깝게도 가부장제 사회에서 남성은 하늘 사람으로 성숙
해지기가 이렇게 어렵다. 하지만 선녀는 이제 나무꾼의 닭장으로
돌아가지 않는다. 수탉이 울든 말든 해는 떠오르고, 선녀에게는 날
개옷이 있기 때문이다. 이 이야기는 오랫동안 가려져 있었던, 우리
가 되찾아야 할 숱한 날개옷 가운데 하나다.

○ 이 이야기에서 모성을 이해하려면 노루를 눈여겨봐야 한다. 노루는 어머니의 또 다른 모습이기
때문이다. 포수를 피해 나무꾼의 집 속으로 뛰어든 노루는 남편과 화해하지 못한 채 아들에게 의지
하는 어머니의 모습과 같다. 그러므로 노루는 스스로 처녀로 변신하는 대신, 선녀로 하여금 아들을
산속에 붙들어 두게 한다. 연못의 비밀을 누설한 것은 이 때문이다.

# 머리 뚜껑이
# 열리는 여자

〈밥 많이 먹는 색시〉와 〈밥 안 먹는 색시〉는 섬뜩한 블랙코미디의 1부와 2부쯤 된다. 1부에 해당하는 〈밥 많이 먹는 색시〉에서는 왕성한 식욕을 빌미로 남편이 아내를 패 죽인다. 2부에 해당하는 〈밥 안 먹는 색시〉에서는 밥을 적게 먹는 줄 알고 새로 들인 아내가 남편의 기대를 단숨에 뒤집어엎는다.

남편이 밥을 많이 먹는다며 자기 마누라를 패 죽인 뒤에 창자 속을 들여다보는 장면은 하드코어 포르노그래피 못지않다. 또 새 마누라가 몸을 열어 숨겨 뒀던 거대한 입을 드러내는 장면은 괴기스러움에 소름이 돋는다.

그런데도 〈한국구비문학대계〉에 실린 수십 편의 녹음 파일을 들어 보면 이야기판의 분위기는 자못 유쾌하다. 대부분 여성인 이야기꾼들은 이 으스스한 이야기를 눈도 깜짝 않고 천연덕스럽게 풀어놓고 있다.

> (여자가) 밥을 하도 많이 먹으니깐, 신랑이 "오늘 사람 열만 얻어서 일을 허니 열 사람 밥을 해 와라." 그리구서 가서 일을 하니까 여자가 밥을 열 사람 몫아치 다 해 가지고 왔대.

−한국구비문학대계, 2014년 경기도 고양 이순래의 이야기. 이하 같음.

신랑은 '사람'이다. 밥의 주인인 그는 밥을 지어 주는 '여자'가 식욕이 왕성하다는 걸 알았을 때 두려움에 휩싸인다. 여자가 감히 분수를 모르고 '사람'처럼 먹을 것을 탐하다니!

오늘날까지 여성의 몸은 음식으로 취급되어 왔다. 앵두 같은 입술부터 조개인 성기까지 부위가 나눠진 채 먹을거리로 표현된다. 귀한 딸은 '고명'이 되어 음식의 때깔을 보태고, 술 취한 여성은 '골뱅이'가 되어 '따먹힌다'. 식욕과 성욕은 모든 인간의 욕망이라지만, '먹히고' '대 주는' 여성에게는 허락되지 않는다.

여성의 식욕은 출산과 수유같이 뚜렷한(?) 명분이 있을 때에만, 그것도 환대받는 출산에 한해 제한적으로 허용되어 왔다. 딸을 낳은 산모가 눈치 보느라 미역국을 마음껏 먹지 못했다는 사연은 차고 넘친다.

여성은 허기나 식욕을 노출시켜도 안 된다. 밥상 앞에 남녀가 있을 때, 한 사람은 밥상에 차려진 음식을 먹고, 다른 한 사람은 바가지에 담아 상 밑에 두고 먹는다면 둘 중에 누가 여성일까? 바가지에 담겼을 누룽지나 식은 밥을 상대방이 숟가락을 놓기 전에 얼른 퍼먹고 일어나 숭늉을 내와야 하는 사람이 누구일까?

신랑의 상식으로 여자는 '원래' 고기 같은 건 안 좋아하고,

누룽지를 밥보다 더 좋아하며, 식구들의 다음 끼니를 남기려고 대궁밥에 만족하는 사람이다. 그런데 아내가 감히 건장한 남자처럼 먹으려 드니 이거 야단났다. '된장녀'나 '김치녀'처럼 제 몫을 챙기고 입치레를 하면 집안 살림, 나라 살림을 어떻게 불리겠는가. 더구나 밥을 양껏 먹고 기운이 솟구쳐 남자를 업신여기기라도 하면 더 큰 낭패가 아닌가. 그는 아내의 숨은 욕망을 들춰내고자 뱃구레를 시험하기로 한다.

> 그런데 그 여자가 "일꾼이 왜 없냐?" 그래 보니까, "이만저만해서 일꾼이 다 깨졌다. 그러니깐 그럼 이 밥을 다 먹고 가라."고 그랬대, 신랑이 색시더러. (…) 그랬더니 여자가 앉아서 열 사람 먹을 걸 다 먹구서 들어갔대는 거야.

아내는 이왕 해 온 밥이니 다 먹고 가라는 남편의 말을 곧이곧대로 받아들인다. 둘만의 들판, 아내는 그동안 억눌러 두었던 식욕을 마음껏 드러낸다. 그러나 이것은 함정. 아내의 폭발적인 욕망을 두 눈으로 확인한 뒤 남자의 두려움은 위태롭게 증폭된다.

> 신랑이 하두 황당하니까 '들어가서 뭘 허나.' 하구서 보니까는, 그냥 콩을 볶더래. 콩을 볶아서 그냥 먹더래.
> "에, 이년아." 그러구 냅다데기, 하하하, 배가 터져 죽었대.
> (…) 그러니깐 벌써 콩을 볶으면서 집어먹은 데, 콩 들어간 데 벌써 밥이 삭구, 콩 없는 데 밥이 안 삭구 그냥 있더래잖아.

강자의 두려움은 쉽게 약자에 대한 폭력으로 표출된다. 밥을 그렇게 먹고도 남몰래 콩을 볶아 먹다니! 그는 아내가 고소한 샛서방이라도 몰래 둔 것처럼 분에 못 이겨, 아내를 때려죽인 뒤에 그릇된 욕망의 최후를 들여다본다.

그렇지만 드러난 것은 욕망 덩어리의 괴물 같은 몸이 아니었다. 아내는 남편이 베푼 뜻밖의 호의를 거절하지 못하고 열 그릇이나 되는 밥을 꾸역꾸역 먹었으며, 그 밥을 삭히려고 콩을 볶아 먹었던 것이다. 여자는 죽어서야 '당신과 다를 바 없는 몸'임을 증명할 수 있었다.

남자는 첫 마누라와 달리 숨 쉴 만큼만 먹으면서 부모 조상 잘 섬기고, 집안 살림 일구고, 남편 기죽지 않도록 잠자리 해 주고, 아들을 쑥쑥 낳아 줄 여자를 사방으로 구하러 다닌다. 그러다가 바라던 대로 입이 벌레 주둥이만큼 작은 여자를 찾아낸다.

그래서 인자 그 며느리 쫓가내 비고(쫓아내 버리고), 입이 작은 며느리로 하나 또 얻었어. 입은 작아서 보는 디(보는 데서는) 밥은 안 먹는디, 자꾸 양슥은(양식은) 찧어 놓으면 굴어 비고(줄어 버리고), 찧어 놓으면 굴어 비고 해싸.

－한국구비문학대계, 2011년 경남 남해군 이옥지의 이야기. 이하 같음.

두 번째 여자는 거식증에 비길 정도로 식이 장애를 겪는 듯이 보인다. 거식증은 죽음을 부르는 심각한 질병이지만 남자의 집에서는 애당초 며느리의 건강에는 관심이 없다. 유일한 걱정은 이 여자도 혹시 남모르게 숨겨 둔 욕망이 있을까 하는 점이다. 그들은 새로 얻은 며느리의 일거수일투족을 낱낱이 감시한다.

　한편, 여자는 남편의 전처가 어떻게 죽었는지 잘 알고 있으므로 살해당하지 않으려고 필사적으로 몸을 변형시킨 채 그들이 보고 싶어 하는 대로 먹어 준다. 하지만 여자는 호락호락 굶주림을 참고 있지 않았다.

　그리 인자 망을 봤다. 망을 본께, 들어오더니 쌀을 그만 많이 퍼 가지고 나가서 밥을 해 가지고, 밥을 한 솥 해 가지고 이만한 댕이다가(대야에다가) 한 댕이 퍼가 오더니, (…) 손에다가 물을 묻혀 가지고 이 주먹만치 뚤뚤뚤 뭉치더니, 요요 꼭디, 정시리(정수리) 여따까리를(뚜껑을) 떼고, 욧다 그만 주엏어 삐고, 주엏어 삐고 그만 순식간에 밥 한 다랭이로 다 주워 옇어 비더란네.

　여자는 또 다른 입을 키우고 있었다. 부정당한 욕망을 차곡차곡 머릿속에 저장하여 덩치를 불려 온 것이다. 머리 전체가 거대한 입이 되었다는 건 허기가 정신적인 문제로 나아갔음을 나타내기도 한다. 자신의 욕망을 자각하고 더 이상 굶주림을 참지 않겠다고 결심한 사람을 어떻게 막겠는가.

　여러 채록본의 결말은 다양하다. 아내가 머리 뚜껑을 따거나 가슴을 열어젖히고 숨겨 뒀던 거대한 입을 드러내자 놀라 자빠지는 것으로 끝나는 것도 있고, 또다시 쫓아내거나 쫓아냈던 전 마누라를 도로 데려오기도 한다. 밥 안 먹는 마누라를 찾느라 장가를 아홉 번이나 들었다는 이야기도 있다.

　　사이좋게 잘 먹고 잘 살았다는 결론이 드문 것은 여성의 몸과 욕망에 대한 남성 중심의 폭력적인 시선이 좀처럼 줄어들지 않고 있기 때문이다.

　　이야기판의 여자들은 아름다운 화해를 선택할 수 없었다. 대신 결코 포기할 수 없는 자신들의 욕망에 대해, 때로는 으스스하게, 때로는 깔깔대며 끝없이 이야기하기로 한 것이다. 남성 권력은 여전히 세상에 없는 몸을 상상하며 '밥 많이 먹는 마누라'를 공격하지만, 그러거나 말거나 여자들은 끄떡없이 다시 살아나 먹고 놀고 말할 것이다. 머리 뚜껑이 열린 여자가 섬뜩한가? 이쯤은 아무것도 아니다. 온몸이 입으로 바뀐다면 모든 것을 삼켜 버릴 수도 있다.

범과 도깨비가 　판치는 세상의

# 진————————짜　　주인공

# 그 여자의
# 최후의 만찬

〈팥죽 할머니와 호랑이〉는 혼자 사는 가난한 여자가 주인공
이다. 자신을 괴롭히는 호랑이를 지게, 송곳, 달걀, 멍석 따위의 도
움으로 물리치는 이야기인데, 산중의 왕이 보잘것없는 것들에게
속수무책으로 당하는 꼴이 시원하고 유쾌하다.

얼개로 보면 영화 〈나 홀로 집에〉(Home Alone, 크리스 콜럼버스 감독,
1990)와 비슷하지만, 영화처럼 한바탕 웃고 넘기지 못할 진한 뒷이
야기를 남긴다.

웬 늙은이가 밭을 매니까루 산에서 호랭이가 내려왔더랴.

–한국구비문학대계, 1982년 경기 용인 권은순의 이야기. 이하 같음.

주인공인 늙은이나 할머니를 군이 이빨이 몽땅 빠진 백발노
인으로 상상할 필요는 없다. 옛날에는 마흔에도 할머니 소리를 듣
는 사람이 적잖았고, 지금도 아줌마나 할머니라는 호칭은 '더 이상

몸으로 어필하지 못하는 여자'라는 뜻의 멸칭으로 두루 쓰이고 있다.

요컨대 이 이야기의 주인공은 무슨 사연인지 '정상 가족'을 꾸리지 못하고 궁벽한 산골에 혼자 살고 있으며, 보호자(?)는 물론 이른바 매력 자본조차 없는 약자 중의 약자이다. 산비탈을 쪼아 밭 뙈기를 일구거나 품을 팔아 하루하루 살아가는 늙은 여자를 살뜰히 지켜 줄 안전망은 세상에 없다. 그녀는 알아서 살아남아야 한다.

호랑이가, "밭을 할머니가 먼저 매면 고만두고, 내가 먼저 매면 할머닐 잡아먹겠다." 그러거든. 아 내기를 하니깐 호랑이가 발톱으로 호비호비 다 맸잖아? "할머니! 잡아먹것소." 그라거든.

호랑이가 노리는 것은 여자의 몸이다. 호랑이의 모습은 채록본에 따라 다양하게 그려진다. 다짜고짜 덤벼드는 파렴치한 놈일 때도 있고, 밭매기 내기를 올가미로 삼는 교활한 작자일 때도 있다. 심지어 "오늘 저녁에 잡아먹으러 올 테니 불이나 환하게 켜 놓고 있거라." 하면서 여자가 '잡아먹히고 싶어서' 기다리고 있기라도 한 듯이 거들먹거리기도 한다. 아무도 거들떠보지 않는 늙은 몸 뚱이를 먹어 주는 걸 고맙게 여기라는 뻔뻔함이다.

하긴 현실의 호랑이는 이보다 훨씬 복잡하고 다양하다. 이 야기에서는 호랑이가 나쁜 놈임이 처음부터 드러나 있지만, 현실에서는 번듯하고 점잖은 악마가 오히려 많기 때문이다. '그럴 리가 없는 사람'의 폭력은 좀처럼 드러내기 어렵고, 드러낸다 해도 폭력으로 이름 붙이기가 어렵다. 어처구니없게도 세상에는 팥죽 할머니보다 호랑이를 위해 준비된 말이 훨씬 더 많다.

> "에이, 내가 밭매 가꾸느라고 애썼는데, 이 팥을 떨어서 팥죽이나 쑤어 먹거든 잡아먹거라."

여자는 누구에게도 도와 달라고 말하지 않는다. 호소해 봐야 돌아올 말은 뻔하기 때문이다. '그러게 산 밑에는 왜 들어갔냐?', '평소에 몸가짐을 어떻게 했기에 호랑이가 들락거리냐?', '위대한 산중의 왕이 고작 늙은 여자를 찾겠느냐?', '먹혀 본 경험이 많을 텐데 뭐가 문제냐?' 등등.

주인공은 세상의 눈과 말이 호랑이 편이라는 걸 너무 잘 알고 있으므로 마을로 달려가지 못한다. 이래 죽으나 저래 죽으나 어차피 죽을 목숨, 일을 치르기 전에 팥죽이나 배불리 먹게 해 달라고 협상해 볼 뿐이다. 간신히 말미를 얻은 주인공은 온 여름 농사지은 팥을 몽땅 삶아 최후의 만찬을 준비한다. 주인공의 서러움과 분노는 거대한 가마솥에서 용암처럼 붉게 끓어오르고, 후끈한 김은 부엌을 빠져나가 잠자던 이웃들을 흔들어 깨운다.

> 그래서 그 이튿날 죽을 쒀서 한 동이를 퍼 놓구서는 앉아 울지. 우니까 달걀이 데굴데굴데굴 굴며,
> "할머니, 할머니, 왜 울우?"
> "오늘 저녁에 죽것어서 운다."

"팥죽 한 그릇 주면 내 당하지."

팥죽 한 그릇 줬지.

"부엌 아궁지에 묻어 주소." 그러거든.

이웃이라야 달걀, 알밤, 송곳, 바늘, 지게, 멍석, 맷돌, 절구통, 자라, 가래, 파리, 개똥처럼 누추하고 하찮은 것들이다. 한쪽 구석에 찌그러져 소용을 기다리거나, 그나마 쓸모조차 증명하지 못한 잉여들로, 사람대접은 고사하고 기껏해야 '그것들'로 불리는 존재들이다.

자기 몫이라고는 몸뚱이 하나뿐인 그것들은 몸으로 말할 뿐이다. 몸의 말은 거칠고 투박하다. 파리처럼 성가시고, 송곳처럼 날카로우며, 절구통처럼 의뭉스럽고, 개똥처럼 무능하고 께름칙하게 대접받는다. 달걀이나 알밤처럼 자살 폭탄 테러를 무릅쓰는 무모한 몸짓도 있다. 무엇에 기대지 않고는 혼자 서지도 못하면서 산 같은 짐을 옮기는 지게나, 평생 남의 판만 깔아 주는 멍석은 속이 있는지 없는지 짐작조차 할 수 없다.

이들은 누구를 살갑게 위로할 줄도 모른다. 그저 이왕 쑨 팥죽이나 한 그릇 달라고 한다. 대신 호랑이를 감당해 주겠다지만 곧이곧대로 믿기는 어렵다. 그 크고 무서운 호랑이를 파리나 개똥 따위가 무슨 힘으로 대적하겠는가. 팥죽 욕심에 빈말을 했을지도 모른다. 하지만 여자는 팥죽을 아낌없이 퍼 준다. 혼자 다 먹지도 못할 죽을 한 가마솥이나 쑨 걸 보면, 죽기 전에 다 나눠 주려고 애초부터 작정했을 것이다. 추운 겨울밤, 뜨끈뜨끈한 팥죽 한 그릇으로 얼었던 몸을 녹인 '그것들'은 누추한 자기 자리로 돌아가 호랑이를 기다린다.

> 호랭이가 들어오거든. 들어오는데 불을 툭 껐지.
> "할머니, 왜 나 들어오는 거 불 껐소?"
> "아이 내가 껐나? 범 들어오는 바람에 꺼졌지."
> 성냥을 기다란 걸 주면서,
> "이거 갖다가설랑에 아궁지에다 불을 다려 가지고 밝은 데서나 잡
> 아먹어라."구.
> (…) 그래 성냥을 가주 가서 아궁지에 불에 가 이렇게 다리니까, 달
> 걀이 눈깔에 가서 그냥 떡 이렇게 불덩어리가 튀어 들어가설랑에,
> 물두덩(물독)에 자라가 팥죽을 먹고 들어가 앉았는데, 물두덩으
> 로 씻을라고 손을 넣으니까, 이 손가락을 자라가 물고 늘어지지.
> 맷돌짝이 천장에서 떨어져 대가리를 깨뜨렸지. 송곳이 밑구녕을
> 치찔러, 죽었지. 멍석이 들어오더니 뚜르르르 말거든. 지게란 놈이
> 들어오더니 걸머졌으니까, 갔지. 가래란 놈이 구덩이를 파구는 장
> 사를 지내더랴.

연대는 이런 것이 아닐까. 아무도 동정하지 않았고, 공감을 앞세워 질문을 퍼붓지 않았으며, 피해자의 인생을 대신 살아 줄 것처럼 오지랖을 피우거나 가르치려 들지 않았다. '그것들'은 저마다 할 수 있는 한 가지 몸짓을 보탰을 뿐이다. 호랑이는 바로 이렇게 보잘것없는 것들에게 무너진 것이다.

팥죽 할머니는? 당연히 잘 살았을 것이다. 남자인 구세주에게 거룩한 열두 명의 제자가 있었다면, 하늘 아래 몸뚱이 하나만으로도 꿀릴 것 없던 여자에게는 열두 이웃이 있었기 때문이다.

그녀가 손수 차린 최후의 만찬은, 호랑이를 제사 지내고 봄을 약속하는 축제로 바뀌었다. 붉은 팥죽은 나눔과 약속의 뜨거운 징표가 되었다. 겨울이 꼭대기에 이른 동짓날, 지금도 그녀들의 검은 가마솥에는 붉은 팥죽이 설설 끓고 있다.

# 곰의 불알을 쥐고
# 마을로 돌아온
# 소도둑

옛이야기에서 〈호랑이와 곶감〉을 모르는 사람은 없다. 옛날에 어떤 아이가 밤중에 어찌나 우는지, 그치게 하려고 "에비 온다!", "호랑이 온다!"며 겁을 줘도 소용없더니 "옜다, 곶감." 한마디에 울음을 뚝 그쳤다. 마침 방문 밖에 있던 호랑이가 이 소리를 듣고, 곶감이 자기보다 무서운 놈인 줄 알고 지레 달아났다는 이야기다.

〈한국구비문학대계〉에만도 100편 넘게 실려 있고, 나도 어렸을 때 누군가에게 들었다. 무시무시한 호랑이가 아기 울음을 이렇게 무서워하다니 얼마나 안심이 되던지. 덕분에 지금까지도 문풍지 울던 한겨울 밤이 두려움보다는 아늑한 기억으로 남아 있다.

그런데 여기까지는 아기 버전이며, 이야기의 프롤로그에 해당한다. 호랑이는 멀리 달아나지 않았고, 주인공은 아직 등장하지 않았다. 긴긴 겨울밤의 이야기는 울던 아기가 잠든 뒤에야 시작된다.

'아, 저 내카면(나보다) 더 무서분 곳감이 있구나!' 카면서 호랑이 가 슬슬 가 가지고 소막(외양간) 위에 턱 누바 있으니까, 도둑놈이 도둑질을 하러 와 가지고 소 있는가 싶어서 (…) 이래 더듬으니까 뭣이 번질번질하거든요.

-한국구비문학대계, 2015년 경남 창녕군 우화자의 이야기. 이하 같음.

이야기의 진짜 주인공은 소도둑이다. 흔히 소도둑이라고 하 면 우락부락한 근육질의 사내를 떠올리지만, 우악스러움만으로는 소를 훔치기 어렵다. 고요한 밤에 남의 외양간에 들어가 감쪽같이 소를 훔쳐 가려면 소가 뻗대지 않고 순순히 따르도록 부드럽게 잘 다룰 수 있어야 한다. 끈기와 민첩함, 영리한 상황 판단력이 필요한 것은 물론이다.

주인공은 강인할 뿐더러 영리한 인물이다. 그런데 이 좋은 자질로 착실하게 살지 못하고 기껏해야 도둑질이나 하며 건달 노 릇을 하고 있다. 마을 사람들에게는 반갑잖기가 호랑이나 소도둑 이나 매한가지다.

'와따, 그놈의 소 잘 키아 났다.' 카면서 그래, 호랑이를 타고 뚜두 리 패면서 인자 호랑이가 산으로 갈 거 아닙니까? 그래 막 산으로 올라가거든.

칠흑 같은 어둠 속에서 외양간의 두 도둑은 한 몸이 되고 말 았다. 호랑이는 곳감을 떨구려고 날뛰고, 소도둑은 훔친 소를 놓치지 않으려고 더욱 들러붙는다. 공포에 사로잡힌 호랑이는 정신줄을 놓고 밤새도록 사나운 북풍을 이끌며 내달린다. 아기가 잠든 방의 창호지 문 너머로 바람 소리는 점점 거칠어지고, 한겨울 밤은 깊어만 간다.

그래 가다가 곶감 널쭈라꼬(떨어뜨리려고) 큰 동구나무 밑에서 딱 멈촸어. 곶감이 가만히 본께 호랭이거던. 그만 동구나무 속으로 올라갔어. 올라가 가지고 그런께 동구나무, 큰 고목인데, 속이 비었더래. 구녕이 있더래. 그래 쏙 따라드갔어.

−한국구비문학대계, 2009년 경남 함양 양구용의 이야기

긴 밤이 지나고 날이 밝았을 때 소도둑이 붙든 것은 나무다. 동구나무의 가지에는 겨울눈이 움트고 있었을 것이다. 그러나 봄은 아직 어리고 위태로우므로 소도둑은 곧바로 구새 먹은 나무통 속으로 들어가 웅크린다.

새 아침이 밝았지만 호랑이는 여전히 한겨울의 어둠 속에 머물러 있다. 호랑이의 공포는 처음부터 실체가 없었음에도 걸음을 멈추고 대면하지 못한 탓에 여전히 사로잡혀 있는 것이다. 이른 봄 아침 햇살 아래 드러난 맹수는 어젯밤과 같지 않다. 거대한 아가리와 날카로운 발톱은 맹위를 잃고 말았다. 그때 나타난 것이 선잠에서 깬 곰이다.

근디 늙은 곰 하나가 호랭이허고 친구가 있는디 (…)

**범과 도깨비가 판치는 세상의 진짜 주인공**

"호랭이란 놈, 너 어디 가서 사냥힜고나?"

"얌마 암 말도 말어. 꼬깸이란 놈이 있어서 너 죽고 나 죽어."

"그게 무슨 소리냐? 꼬깸이란 놈이 뭐다냐?"

-한국구비문학대계, 1982년 전북 옥구 안수문의 이야기. 이하 같음.

겨우내 자느라 지난밤의 맹렬함을 알 리 없는 곰의 눈에 소도둑은 그저 먹잇감일 뿐이다. 더구나 소도둑이 제 발로 들어간 썩은 나무통은 겨울잠을 자는 곰으로서는 속이 훤한 곳이다. 이참에 겁에 질린 호랑이를 제치고 산중의 왕 자리를 차지할 수도 있으니 이렇게 좋은 기회가 없다.

곰이 엉금엉금 올라가서 보닌게 뭣이 도독놈이 할딱할딱허고 그 속이 들었는디, 가서 보닌게 고목나무를 짜갤 수도 없고, 자껏 '숨 맥히서 죽어라' 허고선 고목나무 우그(위)를 털썩 주저앉어 버렸단 말여.

그 도독놈이 생각허닌게 꼼짝 못 허고 죽었는디, 그것 도독질허로 댕긴게 올개미(올가미)를 헌 것이 있는디 기왕 죽기는 매사 일반이다. 곰이란 놈이 도독놈 숨 맥히라고 콱 눌러놓고 다닌게 불알탱이가 쇠불알처럼 축 늘어졌더라 이거여. 그려! 올개미를 히 가지고 딱 옭아 가지고서는 똘똘 몰아 쥐고서는 '니가 죽냐, 내가 죽냐' 잡어댕긴게 곰이란 놈이 저 고목나무 우그서 홀짝홀짝 뜀서 "나 죽는다, 나 죽는다." 해 놓으니, 호랭이란 놈은 막 도망가서,

"야 이놈아, 봐라. 꼬깸이라고 않더냐. (…) 너 잘 죽었다 이놈아."

미몽에서 깨지 못한 검은 곰은 도리어 정(精)의 고갱이이며 생명의 근원인 불알을 빼앗기고 말았다. 그리고 백수의 왕은 공포라는 귀신에 씌어 끝내 썩은 나무통조차 들여다보지 못한 채 겨울의 어둠 속으로 사라져 버렸다.

홀로 눈을 뜨고 있던 소도둑만이 어둠의 정체를 끝까지 지켜보고 살길을 찾아냈다. 그는 죽음의 질주에 이어 숨통을 막는 어둠 속에서도 기어이 살아남아 소 대신 곰을 잡았다. 남의 소나 훔치던 건달이 범의 기운을 타고 곰의 정기를 움켜쥐며 기백이 넘치는 사람으로 성장한 것이다.

승리자가 된 소도둑의 가장 큰 소득은 무용담이다. 곰 가죽을 덮어쓰고 불알(방울)을 흔들며 북풍 속에서 살아나온 자라면? 그의 이야기는 신화가 되고도 남는다. 방울은 환웅이 하늘에서 들고 내려온 세 가지 천부인 가운데 하나가 아닌가. 지금도 무구(巫具)로 쓰는 칠성방울에는 방울 끈이 달려 있는데, 곰의 불알을 묶었던 허리끈이나 올가미 줄을 떠올리게 한다.

하지만 이 이야기는 영웅 신화로 나아가지 않는다. 옛이야기는 건국, 시조, 창건과 같이 찬란한 말을 숭배하지 않기 때문이다. 그러고 보면 주인공인 소도둑은 소 잔등에 엎드린 자, 한자로는 복희(伏犧)다.

신화 속의 복희는 먼 옛날 제사장이었다니 희생인 소를 다루던 인물이다. 제사 때마다 소를 바쳐야 했을 농사꾼들에게는 소도둑이나 다름없었을 것이다.

다만 복희는 한 몸이었던 여신 여와를 떼어 버리고 유교 가부장 문명을 일으킨 첫 번째 남자(시조)가 되어 사당으로 올라갔지만, 소도둑은 자신이 살던 마을로 내려온다.

소도둑의 성별을 굳이 사내로 못 박을 필요는 없다. 단군 신화에서도 큰곰(환웅)의 정기(불알)를 얻어낸 자는 웅녀였으니 말이다. 다만 웅녀는 아들을 낳아 주고(?) 신화에서 지워졌지만, 소도둑은 옛이야기의 주인공으로 영원히 살아남았다.

외양간의 소는 무사하고, 범은 달아났으며, 도둑은 이제 없다. 겨울을 이겨 낸 강인한 소도둑은 마을 사람들과 함께 새봄을 맞이할 것이다.

# 영원한
## '호랑이 담배 먹던 시절'과
## '나 때는 말이야'

언제부터 범이 호랑이가 됐는지 모르겠지만, 옛이야기의 주인공은 범이라고 해야 어울린다. 단음절의 순우리말이기도 하지만, '버-엄' 하고 입을 꾹 다물게 하는 발음도 '호-오랑이'라는 김새는 소리보다 무게가 느껴진다.

범은 개인이 어쩌지 못하는 어떤 힘을 상징할 때가 많다. 피할 수 없는 어둠과 추위, 가족 제도와 국가 권력같이 공존할 수밖에 없는 거대 부조리 같은 것들이다. 그가 추상(秋霜)같이 호령하면, 약자들은 서리 맞은 풀처럼 적어도 이듬해 봄까지는 죽은 듯이 지내야 한다.

그런데 등장만으로도 오금이 저리게 하는 범이 이야기에서 주로 맡는 배역은 갖은 방법으로 망가지는 역할이다. 범을 캐스팅하는 주체는 언제나 이야기 자리로 모여드는 여성, 아이, 머슴, 소금 장수, 짚신 장수 같은 약자들이기 때문이다. 그들은 바람보다 먼저 눕지만, 그들의 이야기는 아무리 사나운 범이 등장해도 좀처럼 얼어붙는 법이 없다.

여성과 아이들에게 범은 날마다 대면해야 하는 가부장 권력일 때가 많다. 대문 밖에는 더 힘센 가부장이 공권력이라는 이름으로 버티고 있으니 오나가나 범의 소굴이 아닌 곳이 없지만, 직접 '모시고 섬겨야' 할 범은 '범 같은 시아버지'와 그의 아들인 '아범'이었다.

이들이 숨 쉬고 활개 칠 수 있었던 해방구는 이야기 자리다. 그곳에서는 범의 껍데기를 벗기고, 수수깡으로 찌르고, 동아줄에 줄줄이 꿰며, 창자를 끊고 뱃속을 뒤집어도 함께 웃을 수 있었다. 만신창이가 된 범에 대한 온정 따위는 아무도 기대하지 않는다. 그동안 숱하게 속이 뒤집히고, 애태워 온 그녀들이 아닌가. 범이 제대로 망가질수록 이야기가 살아나고 흥을 더해 간다.

〈범 가죽 벗기기〉와 〈호랑이 담배 먹던 시절〉 이야기에는 늙은 가부장의 모습이 해학적으로 드러난다.

〈범 가죽 벗기기〉는 남녀를 가리지 않고 했던 이야기다. 여성들 사이에서라면 봄의 들판이나 우물가에서 나물을 뜯고 다듬으며 웃음 지었을 법하다. 무서운 줄만 알았던 범도 껍데기를 벗겨 놓으면 네발짐승에 불과하다는 것이다. 이야기는 간단하다.

봄볕에 졸고 있는 범에게 살금살금 다가가 이마에 살짝 칼집을 낸 뒤 꼬리를 밟고 고함을 꽥 지르면, 놀란 범이 가죽이 벗겨지는 줄도 모르고 알몸만 빠져나간단다.

더 쉬운 방법도 있단다. 겨우내 묵은 김치를 밖에 내놓으면 범이 먹어 보고 하도 시어서 머리통을 털털 흔드는데, 그때 칼끝을 머리통에 갖다 대기만 해도 저절로 칼집이 난단다. 밭농사가 시작되는 봄, 다들 일 나가고 난 빈집에서 먹을 것을 찾아 어슬렁대는 범(같은 사내)의 모습이 그려지는 듯하다.

이야기 속에서 범은 가죽이 홀랑 벗겨져도 죽지 않는다. 오히려 지난겨울의 부숭부숭한 털가죽에서 벗어나 아이처럼 달려 나가는 모습이 시원하게 그려진다. 그의 껍데기는 본인에게도 거추장스러운 짐이었던 것이다. 하긴 쑥도 뜯고 부추도 베던 여자들의 부지런한 칼이 아니었다면 졸던 범을 지금껏 누가 깨웠겠는가. 봄볕 내리는 날, 향긋한 쑥과 봄나물은 범의 털가죽도 벗겨 낼 만큼 산뜻한 음식이니 말이다.


〈호랑이 담배 먹던 시절〉은 남자의 이야기로, 지금까지 '믿어도 안 믿어도 그만인 고릿적 이야기'를 대표한다. 왕년에 독립운동, 민주화 운동 한번 안 해 본 사내가 없다더니, 옛날에는 범 한 마리쯤은 잡았다고 해야 술자리에 낄 수 있었던 모양이다. 이 이야기에서 범을 처참하게 망가뜨리며 영원히 살아난 주인공은 술 취한 늙은 남자다.

나마냥 주태백(酒太白)이여. 술을 잔뜩 먹구 가다가 뇌 잤어. 자다 보니께 술을 좀 깨긴 깨는데 아 여가 (머리를 가리키며) 자꾸 축축햐.

"그거 워짠 일인가?"

눈을 떠 보니께 (…) 범이 와서 꼬랭이에다 물을 (…) 찍어 가지구 뿜어 가지구 말여. 술 깨면 잡어먹을랴구 그 행동을 보구 있어. 그래 큰일 났어. (…)

"예이 범에 물려가도 정신을 차리랬다. 구멍을 찾어보자."

(…) 호랭이란 놈이 요래 뿌려 놓고 맡아 보데. 아 호랭이 콧구녕을 담뱃대로 콱 찔렀거든. (…) 그라닝께 그만 고함을 지르면서 달아나는데 하 으르렁거리고 지랄하니 담뱃대를 물어 낳으니 생전 뭐 음석을 먹을 수가 있어? 어떡햐. (…) 호랭이 담배 먹던 얘기가 그게여. (…) 아무리 뭘 먹을래야 담뱃대를 물어 낳으니 엎드리지두 못하지. 참 죽을 일여. 빼빼 말라. 꼬쟁이만 남았드랴. 가죽하고 뼈만.

–한국구비문학대계, 1982년 충북 영동군 윤지삼의 이야기

주인공은 알코올 중독에 빠져 있다. 중독은 나쁜 줄 알면서도 되풀이하는 습관이다. 술, 담배, 약물, 커피, 설탕… 음식뿐 아니라 나쁜 손버릇에서부터 즐겨 찾는 감정 상태에 이르기까지 끊지 못하는 중독 한 가지쯤은 누구나 있으며, 끊느냐 못 끊느냐는 개인의 의지에 달려 있다고들 한다.

하지만 여기에도 계급이나 젠더와 같은 정치 경제적 맥락이 깊숙이 작용한다. '타이밍'과 같은 값싼 각성제 중독은 밤새 깨어 있어야 하는 여공들에게 자본가가 강제한 것이라면, '프로포폴'과 같은 값비싼 진정제 중독은 잠들고 싶은 소수의 부자들을 위해 의료 권력이 베푼(?) 것이다.

이야기의 주인공을 술독에 빠트린 것은 가부장 권력인 듯하다. 조금씩 달라지고 있다지만, 알코올 중독은 적어도 남자라야 편히 누릴(?) 수 있다. 술에 취해 길에서 잠이 들어도 생존 가능한 인생은 여성들의 눈으로 보면 여러모로 특권이다.

이 사실은 인사불성인 주인공도 잘 알고 있는 듯하다. 그는 정신줄은 놓아도 담뱃대는 놓치지 않는다. 그것은 '폭폭 연기를 피우며 어흠어흠 헛기침을 하고, 때로 가래침을 카악 돋워, 퉤 하고 기세 좋게 뱉는 남자'의 물건이기 때문이다. 알량한 담뱃대조차 없었다면 주정뱅이 남편과 아버지를 둔 식구들의 고생을 뒤로 하고 술로 도망칠 수 없음을 잘 알고 있는 것이다.

한편, 범은 잡은 먹이를 바로 먹지 않고, 물을 축이며 '간을 보고' 있다. 범이 취해 있는 것은 막강한 자신의 힘이다. 그것은 술보다 훨씬 독성이 강하며, 중독 여부조차 알아차리기 힘들기에 벗어나기도 어렵다. 범은 자신이 무엇에 취해 있는지조차 모른 채 죽음에 이른다. 그것도 콧김 세던 콧구멍이나 방귀깨나 뀌던 똥구멍에 담뱃대를 박고 죽는다.

하긴 '정신을 바짝 차리고 담뱃대만으로 범을 잡았다'는 말은 술 깬 사내의 증언일 뿐이다. 설사 죽은 범이 담뱃대를 코에 꽂은 채 눈앞에 널브러져 있다고 쳐도 믿을 수 없기는 마찬가지다. 그가 술에 취해 범 소굴에 잘못 들어갔다가, 죽을 때가 되어 죽은 범을 운 좋게 발견하고, 깃발처럼 담뱃대를 꽂았을지도 모른다. 그저 죽은 범은 말이 없으니, 사내가 그렇다면 그런 줄 알 뿐이다.

믿어도 안 믿어도 그만인 영원한 옛이야기는 이렇게 탄생했다. 지금은 범도 담뱃대도 없지만, 술자리의 늙은 사내들은 "나 때는 말이야…" 하며 호랑이 담배 먹던 시절 이야기를 멈추지 않는다.

# 여자를 좋아하는
# 도깨비와 꽃뱀

유난히 도깨비 씨름판 같았던 지난 선거(2022년 대통령 선거)에서도 인상 깊은 장면이 있었다. '아닌 밤중에 도깨비'라더니 난데없이 절반의 유권자를 겁박하던 낮도깨비들을 젊은 여성들이 멈춰 세운 것이다.

옛날부터 도깨비 이야기는 많았다. 〈한국구비문학대계〉에서 '도깨비'를 검색하면 천 편이 넘는 이야기가 올라온다.

도깨비의 모습은 다양하다. 구척장신으로 머리가 구름 위로 솟았다거나, 털이 꺼끌꺼끌하다거나 부숭부숭하다고 한다. 뿔이 있다는 사람도 있고 없다는 사람도 있는데, 성별은 대부분 남자다.

도깨비를 한자로는 정(精)이라고 한다. 정력이나 정액에서처럼 남성의 섹슈얼리티와 관련된 글자다. 〈도깨비방망이〉 이야기에서 도깨비방망이는 남근을 빗대며, 시도 때도 없이 불끈대는 젊은 사내의 성욕을 풍자한다.

형과 동생이 얻은 두 개의 방망이는 성욕의 양면이다. 잘 가

꾸면 삶을 풍요롭게 하는 보물이 되지만, 잘못 다루면 세상을 어지럽히는 흉기가 되기도 한다.

도깨비는 가부장제에서 대접받는 '남성성'을 풍자하기도 한다. 패거리를 모으고, 서열을 짓기 좋아하며, 우쭐대면서 몰려다니는 도깨비들은 남성 서열 집단의 모습과 흡사하다. 어둠을 틈타 눅눅한 다리 밑에 모여 떠들썩하게 출석 체크를 하는 모습은 영락없는 건달들이다. 밤늦도록 유흥가를 맴돌며 '사내들의 술자리'를 이어 가는 낯익은 무리들과도 겹친다.

그런 남초 무리에서는 망가지기를 무릅쓰며 '분위기'를 살리다가도 아내와 아이들이 함께한 자리에서는 말을 잃고 겉도는 가부장처럼, 도깨비는 밝은 곳에서 힘을 쓰지 못한다.

도깨비감투는 그들이 얼마나 권력에 취약한지 잘 드러내 준다. 감투나 완장은 위계를 표시하는 물건이다. 그는 감투만 쓰면 눈에 보이는 게 없어져서 못 하는 장난이 없다. 남의 눈을 개의치 않아도 되고, 애써 타인을 설득하지 않아도 되는 힘은 감투의 권력에서 나온다. 그러므로 감투에 구멍이라도 생기면 순식간에 무력해지고 마는 것이다.

'김 서방'이라고 불리는 도깨비는 '남성성'에 가려진 그의 내면을 드러낸다. 그는 안쓰러울 정도로 어리숙하며, 우악스러우나 모질지 않다. 한번 돈을 꾸면 끝없이 이자를 갚고, 메밀묵을 얻어먹으면 은혜를 갚느라 골몰한다.

그가 가장 좋아하는 음식은 메밀묵이나 메밀범벅이다. 한 사발을 먹어도 금방 배가 꺼지는 허술한 음식이지만, 쌀이 귀하던 시절 가난한 사람들이 좋은 날 해 먹었던 겨울 특별식이다. 집 밖을 떠돌던 그가 그리워하는 것은 추운 겨울 아랫목에서 오순도순 나누던 가족의 따뜻한 정인지도 모른다. 그래서인지 어쩌다 '아주버니'라고 추켜 주면 지레 감동하여 장남 구실, 효자 노릇을 하느라 눈물겹게 애쓰기도 한다.

도깨비는 여자를 좋아하지만 어떻게 관계 맺어야 할지 모른다. 사랑은 자신의 가장 취약한 모습마저 내놓고 상대의 공감을 얻는 과정이다. 둘 사이의 밀당은 폭력 없이 상대의 몸에 다가가려는, 감정 소모를 동반한 노동으로 이어져 있다. 결혼 제도는 이 힘겨운 노동을 여성에게 몰아주는 구실을 해 왔지만, 상대의 기분을 살피고 돌보고 위로하는 것은 '여자의 본분'이 아니라 사랑의 실천이다.

성폭력이나 성 구매는 아예 이 과정을 생략하거나 폭력과 돈으로 대신할 수 있게 하는 장치로, 불멸의 제도다. 사랑에 '빠져' 상처받거나 '사내다움'을 잃지 않고도, 타인의 몸에 성적으로 접근할 수 있는 안전한 길을 열어 둔 셈이다. 남성 젠더 권력은 이 도깨비 통로를 지금껏 포기한 적이 없다.

〈과부와 도깨비〉는 위태로운 사랑 대신 힘과 돈으로 여성을 지배하려는 도깨비와, 그를 내쫓고 멋지게 살아남은 여성에 관해 이야기한다.

과부가 하나 살았었는데 도깨비한테 홀려 가지고 끌려다니다 다니다 못해서 (…) 밤에마다 만날 끌려다니고 눈떠 보면 치마가 그냥 엉망이고 이러니까 "응, 어떡 하믄 좋겄냐?" 그러고. 하룻저녁은 왔길래 그랬드니 "내 각시가 됐으믄 좋겄다." 그러드래.

그래서 그럼 그래 준다고 그랬는데 (…) 저녁마다 문턱에다 뭘

갖다 놓드래. 그래 갖고 그 여자가 인제 부자가 됐대거든.

-한국구비문학대계, 2017년 전남 순천시 윤화자의 이야기

젊은 과부던갑다. 하릿저녁에 비가 부실부실 오는데, 도깨빈가 뭣

인가, 도깨비가 오거든. 그래 마 즈그꺼정 우옛던갑더라. 그래 우

옛는데, "뭐가 제일로 소원이고?" 카이꺼네, "돈이 소원이다." 캐놓

이 돈을 자꾸 갖다조. (…) 없이몬 비단도 갖다 주제. 없는 기 없이

자꾸 갖다조.

-한국구비문학대계, 1984년 경남 울주군 우두남의 이야기. 이하 같음.

그는 '비가 오는 밤' '과부'의 방문을 벌컥 열고 들어간다. 영
화 〈살인의 추억〉에서처럼 예나 지금이나 혼자인 가난한 여성은
날씨만 궂어도 도깨비를 걱정해야 하기 일쑤다. 도깨비에게 사랑
은 침략과 같은 말이다. 상대의 몸에 다가가려면 먼저 마음을 얻어
야 하지만 도깨비는 그 길을 모른다.

도깨비의 '소원 거리'가 돼 버린 여자는 혼돈과 무력함과 고
립감이라는 공포 삼종 세트에 갇혔을 것이다. 우악스레 밀고 들어
온 놈이 어디까지 막나갈 수 있는지 가늠이 안 되고, 그의 손아귀에
서 벗어날 수 없을 것 같으며, 아무도 도와줄 사람이 없다고 느꼈을
것이다.

현실에서 도깨비는 멀쩡하게 알던 남자의 돌변한 모습이기

쉽다. 실제로 (성)폭력 가해자의 대부분은 낯선 사람이 아니며, 범행 장소 또한 피해자에게 익숙한 공간일 때가 많다. 부부나 교제하는 사이라면 이야기에서처럼 (성)폭력 후의 선물 세례 또한 드물지 않다.

하지만 여자는 암흑 속에서도 자신이 이야기의 주인공임을 잊지 않는다.

> 인자 과부가 싫증이 나는 기라. (…)
> "그래 당신은 뭣을 제일로 싫어하노? 무섭노?" 카이 도깨비는 (…)
> "나는 백말 피하고 골매이 당산님한테 줄치는 거(금줄 禁繩). 그거 제일로 싫지 뭐 딴 거는 싫은 기 없다." 이카거든.
> 그래 남자는 또 여자한테 그카는 기라. "당신은 뭣이 제일로 싫노?" 카이, "나는 돈만 꽉 갖다 놓으몬 무섭어. 아이고 나 질색이다." 라는 기라.
> 그래 가 백말로 한 마리 잡아 가지고 피로 사방에 흩고 금구로 (금줄을) 쳤다. (…) 뭇 도깨비가 와가 돈으로 (…) 온 집 안에 (…) 던지 놓고 새벽녘에 되이 뒷동산에 올라가머, "아이고, 기집이라고 심중의 말 마래이(말아라). 기집이라고 심중의 말 하몬 낭패다." 카더란다.

여자가 찾아낸 것은 질문이다. 자신을 가두고 있는 공포의 실체를 향해 너는 누구냐고 묻게 된 것이다. 도깨비가 가장 무서워한다는 말의 죽음은 힘의 상실이며, 금줄은 거절을 뜻한다. 요샛말로 '고개 숙인 남자'가 될까 전전긍긍하는 것이며, 여자로부터 '내게 다가오지 말라'는 통고를 받을까 두려워하는 것이다.

한편, 여자는 돈이 가장 무섭다고 대답한다. 도깨비를 벗어나려다가도 번번이 주저앉은 까닭이 돈이었음을 인정한 것이다. 도깨비도 여자도 처음으로 자기가 얼마나 약한 존재인지를 솔직하게 고백한 셈이다.

하지만 여자는 연민 때문에 마음이 약해지지 않는다. 폭력을 숭배하고, 거절이 불가능한 상대와는 공존할 수 없음을 잊지 않았기 때문이다. 여자는 단호하게 도깨비를 내보낸다. 쫓겨난 도깨비는 '여자를 좋아한 죄'밖에 없는 자기가 도리어 피해자라며 소란을 떤다. 이른바 '꽃뱀'한테 억울하게 당했다는 소린데, 떠들어 댄들 여자가 대문을 다시 열어 줄 리는 없다.


도깨비는 언제 어디서 어떻게 나타날지 모른다. 예고 없이 불쑥 솟구치고, 와락 덮치며, 거칠고 왕성하여 어디로 튈지 갈피를 잡을 수 없다. 화와 공포같이 불현듯 생기는 감정과, 성욕같이 다루기 힘든 욕망은 몸에 사는 도깨비다. 책갈피에도 올라타고 눈꺼풀에도 내려앉으며, 붓이나 싸리비로도 둔갑하는데, 이때의 도깨비는 씨름해야 할 대상을 상징한다.

눈을 감고 피하고 싶어도 풀어야 할 숙제는 내 앞을 가로막은 도깨비와 다르지 않다. 그는 언제나 쉬운 상대가 아니지만 알고 보면 하체가 부실하다. 어르고 달래며 밤새 버티다 보면 동이 틀 때쯤 빈틈을 보이게 마련인데, 바로 그때 왼다리를 걸면 넘어간다. 끙

끙 씨름하던 문제가 문득 풀리는 순간 도깨비는 사라진다.

　　　도깨비 이야기는 수없이 많지만, 결말에서는 반드시 도깨비가 쫓겨난다. 아무리 기세등등해도, 금은보화로 치장하고 신통방통한 감투를 써도 그는 아침을 맞을 수 없기 때문이다. 주인공은 언제나 긴 밤을 버티고 살아남아 이야기하는 당신이다.

# 남성의 섹슈얼리티가
# 나아갈
# 두 갈래 길

〈도깨비방망이〉는 착한 동생은 도깨비 덕에 부자가 되고, 못된 형은 벌을 받는다는 이야기다. 흔히 형제간의 우애와 권선징악을 가르치는 이야기로 알려져 있다. 그런데 원전이라 할 수 있는 채록본들의 내용은 밋밋한 교훈과 달리 훨씬 육체적이며 소년의 성적 성숙에 관한 풍부한 상징이 들어 있다. 주요 대목을 따라가며 이야기를 들어 보자.

> 싸리비기는 동생이고 어리비기는 형인데, 만날 얻어묵으로 댕기는데, 지 동상더러 "싸리비기 널랑 말간 연기 나는 데 가거라, 나는 뭉텅 연기 나는 데 갈란다." 연기가 많이 나는 데 (음식을) 많이 한다꼬. 어리비기는 가이 호불 할마이(혼자 사는 할머니)가 군불을 때고, 싸리비기는 말간 연기 나는 데 가 보이께노 모장작(모난 장작)을 때는데.
>
> ―한국구비문학대계, 1979년 경북 성주군 박삼선의 이야기. 이하 같음.

형제의 이름인 싸리비기와 어리비기는 빗자루에서 따왔다. 옛이야기에서 빗자루는 도깨비의 정체로 등장할 때가 많다. 어떤 사람이 도깨비와 밤새 씨름을 하다가 간신히 나무에 묶어 뒀는데, 아침에 일어나 보니 빗자루가 묶여 있더라는 이야기는 아주 흔하다. 두 주인공의 이름은 그들과 도깨비가 다른 인물이 아님을 나타낸다. 도깨비는 형제가 성장 과정에서 대면해야 할 자신들의 또 다른 얼굴이다.

거의 모든 채록본에서 형제는 가난하다. 빌어먹거나 머슴살이를 하며 몸뚱이 하나로 살아가야 한다. 그들을 이토록 누추한 자리에 배정한 것은 불평등한 사회 구조이며, 젊은이들이 자초한 것이 아니다. 하지만 어떻게 앞으로 나아갈지는 그들의 몫이다.

그런데 같은 장벽 앞에 나란히 서 있어도 둘의 조건이 똑같은 것은 아니다. 형에게는 동생보다 성숙한 몸과, 형이라는 지위가 있기 때문이다. 약자들 사이에서 이런 차이는 때로 신분이나 계급 같은 철옹성보다 더 절박한 문제가 된다. 이 이야기에서도 동생을 당장 괴롭히는 것은 동냥 자리를 가로채거나 분풀이를 일삼는 형이다.

형이 "니는 뭐 얻어묵노? 나는 호불 할마이가 군불을 때서 아무것도 못 얻어묵었다."
"나는 환갑연이라가 쇠고기 육개장에 잘 묵었어."
용심이 나 형이, 숟가락총으로 지 동상 눈을 폭 찔렀뿟어.

형은 연기가 많이 나는 집에 음식이 많지 싫어 잔꾀를 부렸지만, 보기 좋게 어긋나고 만다. 가난한 할머니는 검불과 허드레 나무를 긁어 군불을 땠을 테니 뭉텅 연기가 나왔고, 잔치하는 부잣집에서는 고깃국을 끓이느라 잘 마른 장작을 땠을 테니 맑은 연기가 나왔던 것이다.

형은 자신의 불운을 동생 탓으로 돌리며 동생의 눈을 빼앗는다. 종로(주류 사회나 권력을 상징한다)에서 뺨 맞고 한강에서 화풀이한다는 속담처럼, 대부분의 폭력은 만만한 약자를 대상으로 삼는다. 그리고 가장 찾기 쉬운 약자는 가까운 가족일 때가 많다. 애먼 동생은 하나뿐인 형으로부터 뜻밖의 심각한 장애를 입고 깊은 절망 속으로 빠져든다.

> 봉사가 돼서 어둠사리 밑에 얻어묵도 못 하고 굶어 앉았으이, 잘 때 갈 때 없이 있으이 토째비 둘이 날라와서,
> "아무 데 어리비기 싸리비기 놈들이 형이 지 동상 눈을 찔러 봉사가 됐는데 아무 데 옹달샘에 가마 눈을 씻으마 고마 낫을 낀데…"
> (그 소리를 듣고) 날 밝았는 걸 짐작하고 이튿날 거기 웅덩이에 살살 찾아 눈을 씻으이 눈이 낫아.

빛이 사라지면 소리가 살아난다. 어둠의 바닥, 고립무원의 검은 우주에서 난데없이 도깨비 소리가 들려온다. 도깨비의 특징은 횡(橫)에 있다. 가로지르거나 가로막거나 가로채며 뜬금없이 나대므로 종(縱) 잡을 수 없는 현상을 '도깨비 같다'고 한다. 보통 달갑

잖은 일상의 크고 작은 횡액을 일컬을 때가 많은데, 더러는 뜻밖의 횡재로 나타나기도 한다. 동생이 눈을 뜨도록 옹달샘의 위치를 일러 준 도깨비는 후자에 가깝다.

채록본에 따라, 동쪽으로 난 복사나무 가지에 눈을 비비라고도 한다. 어둠의 끝에 밝아 올 아침을 믿으라는 것이다. 깊은 절망에 빠졌을 때 문득 눈앞에 살길이 보이는 것만큼 큰 횡재가 어디 있겠는가.

> 가다 깨금낡을 만내(만나) 하나 톡 떨어지니, 이건 우리 산신령님 드리고. 그다음 차례로, 우리 엄마, 아빠, 그다음은 우리 형, 우리 마누라. 맨 끝에 나 묵고.

다시 살아난 동생이 가장 먼저 떠올리는 것은 가족이다. 그는 전쟁이나 천재지변, 죽을 고비를 겪고 난 여느 생존자들처럼 간절히 집으로 돌아가고자 한다. 그곳은 누추할뿐더러 화목함과는 거리가 멀지만 그는 돌아갈 곳이 필요하다. 동생은 날이 저무는 줄도 모르고 가족과 나눠 먹을 개암을 줍다가 다시 어둠을 만난다.

> 어둡도록 못 가고 너무 늦어 있는데 불 반한 집에 가이 도깨비들이 모다드는데 몰래 겁이 나서 다락에 숨으이 토째비들이 모치는데 부자 방맹이로 돈 나오라, 밥 나오라, 오만 묵을 끼 다 나오는데 묵을 게 나오이 모두 묵으 사이 진도(자기도) 묵고 집어 깨금이나 하나 묵자 싶어 깨금을 지도 깨무이 토째비들이 대들보 니리앉는

다고 도망가. 그래 부자 방맹이 하나 가져왔다. 요구하는 대로 다
나와. 돈 나오라, 떡 나오라, 밥 나오라 카마 나와서 부자가 되가 있
다.

하지만 동생은 또다시 눈을 감지 않는다. 그가 손에 넣은 도
깨비방망이는 뜻대로 해 준다는 점에서 여의주(如意珠)와 같은 물건
이다. 뜻(意)이란 마음(心)의 소리(音)가 아닌가. 그가 마침내 얻어 낸
것은 어떤 어려움 속에서도 마음의 소리를 따르는 힘이었던 것이
다. 이제 가난의 장벽은 그를 가두지 못한다.

동생의 눈부신 성장과 달리 형은 여전히 결핍에 허덕이고
있다. 만만한 약자들에게 힘을 함부로 부리며 구걸 자리나 다투고
있었을 것이다. 그는 자기보다 못한 동생이 어떻게 풍요로움을 얻
었는지 납득할 수 없다. 오로지 도깨비방망이만을 탐할 뿐이다.

그는 제 손으로 멀쩡한 두 눈을 찌르고 도깨비굴로 찾아간
다. 그러나 욕심에 눈이 멀어 한 치 앞을 보지 못하는 사람에게 내
면의 소리가 들릴 리 없다.

어리비기가 (…) 토째비 집에 또 갔네. 토째비들이 뭘 묵는다. 지도
깨금이나 묵는다고 바싹 하니, "먼지(먼저)도 대들보 내려앉는다
고 캣디만도 우리 보배만 가져갔더라. 한번 보자." 카고 보이 어리비
기가 있거든. 내려가지고 만신창이가 되도록 때리이, "좆 빠져라."
하이 쑥 빠지고, "쉰닷 발 빠져라." 하이 쉰닷 발이나 쑥 더 빠져.

형은 똑같은 도깨비를 만나지만 남근이 뽑히는 형벌을 받기에 이른다. 전혀 다른 방망이를 멍에로 짊어지게 된 것이다.

남근은 속된 말로 방망이라고도 한다. 양기(陽氣)이자 남성성의 뿌리로 숭배되거나 기피된다. 성욕은 삶의 에너지가 되지만, 잘 다루지 않으면 폭력의 뿌리가 되기 때문이다. 정제되지 않은 욕망은 쓸모는 고사하고 자신과 이웃을 위험으로 끌어들이므로 환영받지 못한다. 형이 마을로 돌아온 뒤의 다양한 결말은 이를 익살스레 풍자하고 있다.

그는 성기를 하늘로 높이 세워 잠시 사람들의 숭배를 받는다. 하지만 헛된 용두질임이 곧 들통나서, 머리를 조아리던 이들에게 도리어 분풀이를 당한다. 또 환심을 사려고 길고 긴 성기로 개울에 다리를 놓지만, 고작 노인이 떨어트린 담뱃불에 놀라 요동을 쳐댄다. 그 바람에 무심코 다리를 건너던 사람들이 봉변을 당한다. 결국 마을 사람 손에 맞아 죽거나 쫓겨나면서 이야기가 끝난다.

그런데 미욱한 형을 측은하게 여긴 이야기꾼들도 있었던지, 또 하나의 결말이 있다. 긴 성기를 멍에처럼 지고 떠돌아다니던 형의 눈앞에 거대한 성기를 함지박에 이고 다니는 여자가 나타난 것이다. 둘은 단박에 서로를 알아본다.

남자는 산등갱이 올라가고, 여자는 골 어귀에서 이래 되고 말이야, 남자가 그 긴 놈으로다 장대를 휘두르는데 짐승이 그만 놀래 가지고 골로 막 빠져 오다간 갈 데가 없으니 말이야 그 굴이 이렇게 있으니 그만 굴로 들어온다. 그러면 여자가 꽉 우물트리면 말이야, 그

짐승들을 다 잡아 사냥을 해 먹고 살더라잖소.

- 한국구비문학대계, 1983년 강원도 영월읍 김진홍의 이야기

그들은 산속에서 거대한 성기를 마음껏 휘두르고 삼키면서 짐승처럼 잘 살았다고 한다. 끝내 문명 세계로는 돌아오지 못했지만, 세상에 해를 끼치지 않고 나름대로 살았다니 그나마 다행인 셈이다.

〈도깨비방망이〉는 소년의 성장과 섹슈얼리티에 관한 이야기이며, 두 개의 방망이는 형제 앞에 놓인 남성성의 두 갈래 길을 가리킨다.

# 살해된
# 작은 몸들을 위한
# 진혼

〈아기장수〉는 전국에 걸쳐 내려오는 흔한 이야기로, 〈한국 구비문학대계〉에만도 수백 편이 실려 있다. 다양한 변이가 있지만 이야기의 뼈대는 간단하다.

어떤 여자가 출산을 했는데, 갓난아기가 비범한 것을 보고 훗날 집안에 해를 끼칠지 모른다며 아기를 죽인다. 그 뒤로 용마가 나타나 자기가 태울 아기장수가 죽은 걸 알자 따라 죽었는데, 그 자리에 솟아난 것이 말 바위나 용마 바위라는 것이다.

죽은 아기가 그 마을 어떤 성씨의 조상이며, 살았다면 큰 인물이 되었을 거라고 맺기도 한다. 흔히 "비범한 능력에도 불구하고 신분적 제약 때문에 좌절과 죽음을 맞게 되는 민중 영웅담"이며, "자신들의 영웅을 수용하지 못한 민중의 통렬한 자기반성이 주제"(《한국민속문학사전》)라고 알려져 있다.

그런데 민중이나 영웅과 같이 웅장한 담론으로는 이 작은 몸의 안타까운 죽음을 담아 내기 어렵다. 말이 좋아 '아기장수'지,

부모 손에 살해된 핏덩이가 아닌가. 이 이야기에는 오랫동안 광범하게 행해져 온 영아 살해의 공공연한 비밀이 뚜렷이 새겨져 있다. 지금도 아래와 같은 기사는 심심찮으며 범행은 대부분 친족, 특히 어머니가 저지른다.

> 지난 8일, 대전지방법원은 낙태(인공임신중단)에 실패한 뒤 집 화장실에서 분만, 갓 태어난 아이를 변기에 빠트려 숨지게 한 20대 여성에게 징역 1년 6개월을 선고했다. 9월 27일 인천 한 주택가 골목에서는 신생아를 종이 상자에 담아 버렸던 20대 여성이 경찰에 붙잡혔다. 6월에는 서울 한 야산에서 영아 시신이 비닐에 싸인 채 발견되기도 했다. 백혜련 더불어민주당 의원(경기 수원을)이 경찰청으로부터 제출받은 자료에 따르면, 지난 10년간(2010~2019년) 영아 살해는 110건, 영아 유기는 1272건에 달했다.
>
> -2020. 10. 13. 오마이뉴스

이 이야기의 여러 각본에서도 아기의 죽음은 거의 어머니가 주도한다. 사건은 금줄이 쳐진 산실(産室)에서 일어난다.

> 아(아이)를 떡 낳아 노이께네. 고마 여 천자아(천장에) 떡 붙어, (…) 옛날에는 기운 신(센) 사람이, 장군이 나만(나오면) 말이여, 그 집아(집안)이 전부 몰살, 멸손되그던. (…) 그래가줄라 아를 서답돌(다듬이돌)로 눌러 죽였그던.
>
> -한국구비문학대계, 1980년 영덕군 강취근의 이야기

부인이 얼라로(어린애를) 하나 낳아 놓으이, 아주 살림이 없고 곤란한데 (…) 방아품 들로 가인께, 갔다 오이께 방에 얼라가 삼칠일 전인데 없어. (…) 우째 됐는고 하이, 아아가 보인꺼네 천장에 떡 붙었어. (…) 그래, 가장(家長) 오는데 그런 이얘기를 떡 하이, 아, 이거 이전에 큰사람 나믄 그 부모로 해치려 한다데. 마, 쥑이 뿌는 기라.

- 한국구비문학대계, 1981년 밀양군 손윤호의 이야기

산모의 알리바이는 '아기가 바람벽을 기어오르고 천장에 올라가 붙는 것을 보고 수십 년 뒤에 나라와 집안에 해코지를 할까 봐 싹수를 미리 잘랐다'는 것이다. 아직 목도 못 가누는 아기가 천장에 올라갈 리 없지만 죽은 아기는 말할 수 없고, 어찌 된 영문인지 산실의 비밀을 캐묻는 사람은 없다.

아기의 죽음은 해명되고 살인은 처벌되지 않는다. 자식을 죽인 비정함은 나라와 집안의 앞날을 걱정하는 정치적 대의로 대접받고, 죽은 아기는 이름 대신 시대를 잘못 타고난 장군감이라는 명예(?)를 얻었다. 하지만 살해된 아기를 '아기장수'로 영원히 묻기 전에 짚어 봐야 할 것들이 있다.

먼저 아기를 죽인 모성에 관한 것이다. 이야기의 여러 각본마다 산모는 혹독하게 내몰리고 있다. 산모는 막 출산을 마친 생존자다. 온몸은 통통 부어 있고 젖몸살로 신열에 들떠 있으며, 헐거워진 질과 자궁에서는 피와 분비물이 줄줄 새어 나오고, 회음부 상처 때문에 앉거나 서는 것조차 마음대로 안 되는 취약한 몸이라는 말

이다.

　　하지만 산모는 편안히 누워 산후조리를 하도록 배려받지 못한다. 채록본마다 첫국밥을 끓이러 부엌으로 나가거나, 빨래를 하러 강으로 가거나, 밭을 매거나, 심지어 방아를 찧으러 가야 하는 것을 보면 그녀의 출산은 환대받지 못하고 있다.

　　천 근 같은 몸으로 건장한 사람도 버거워할 일을 마치고 돌아왔을 때 방에서 아기가 울고 있다. 무력한 핏덩이의 애를 끓이는 울음소리는 바람벽을 기어오르고 천장에 닿는다. 그러나 도와줄 사람은 아무도 없다. 산모는 아기 곁으로 성큼 들어가지 못하고, 두려움에 젖어 문구멍으로 방 안을 들여다본다.

　　"아기가 바람벽을 기어오르고 천장에 올라가 붙었다."는 진술은 고립무원에 빠진 산모의 비명이다. 샬럿 퍼킨스 길먼의 〈노란 벽지〉에서는 산후 우울증으로 공황 상태에 빠진 주인공이 벽지의 무늬가 살아나 기어다니고 뒤집힌 눈깔들이 사방에서 자신을 노려본다고 믿는다.

　　두 번째는 죽은 아기에 관한 것이다. 아기는 파리나 거미, 노래기처럼 천장에 올라가 붙어 있었다고 한다. 이런 벌레들은 장군감으로 비유되기는커녕 징그럽고 더럽게 여기는 미물들이다. 죽음을 부른 아기의 '비범함'은 기실 자식으로 받아들이지 못할 정도의 장애거나 가부장 사회가 허락하지 않는 '더러운 핏줄'을 달리 말한 것일 수 있다.

　　이와 같은 추정은 새로울 것도 없다. 지금의 형법에서조차 살해된 영아가 혼외 임신이나 강간 피해로 태어났거나, 장애가 있으면 '참작할 만한 살해 동기'가 있다며 형량을 감경해 주고 있다. 임신과 출산, 새 생명의 탄생은 자연의 섭리 같지만 태어난 아기가 '사람'이 되자면 또 다른 문턱을 넘어야 한다. 가부장제 가족 제도 의 승인과 환대가 그것이다. '허락받은 경로를 거치지 않았거나' '정상이 아닌 몸'은 냉혹하게 거절된다.

> 지름틀에 잡아 아아로 주어 열어(넣어) 가지고 돌로 이래 실어, 나 락을 한 섬을 실은께, 지름틀 채가 헐렁헐렁, 기운이 세어 놓으이 잘 안 죽고 헐렁헐렁 뛰거든. 두 섬 실어도 그냥 끄떡끄떡하는 기라. 지름틀에 호박을 눌랐는데, 석 섬을 실은께 벌벌 떠드니 그 질로 죽어 삐는 기라.
>
> -한국구비문학대계, 1981년 밀양군 손윤호의 이야기. 이하 같음.

끔찍한 순간은 함께 관전하는 볼거리가 되었다. 이야기꾼만 이 아니라 듣는 청중도 살육의 광기를 공유하며 즐기는 것같이 여 겨질 정도다. 이렇게 차갑고 잔인할 수 있는 것은 영아 살해가 살인 과 다르다고 여기기 때문이다.

'사람'으로 승인되지 못한 작디작은 몸은 엄마의 손으로 집 행되는 가부장제의 집단 폭력에 눌려 땅에 묻힌다. 아기의 죽음에 공모자들은 아무 책임도 지지 않는다. 하지만 좀처럼 떨어지지 않 는 불편함이 짙게 남는다.

집단의 죄의식을 모면하는 가장 쉬운 방법은 '탓하기'다. "엄마 때문에 장수가 될 아까운 아기가 죽었다."는 서사가 그것이다. 모성에 대한 낯익은 손가락질 앞에 가부장제의 잔혹함은 가려지고, 공범으로서의 죄책감은 흐려진다.

또 다른 방법은 아기 무덤에 용마를 순장(旬葬)시키는 것이다.

죽어 뿌고 나니께 원통해서 바우가 떡 갈라지디이, 용마가 나와 가지고 패랭이 씌고 말캉 공중에 날라서 빙 돌아 가지고 그래 보탕들이라 쿠는 그 소(연못)에 빠져 죽어 뿠단다. (…) 비가 올라 카몬 그 바우가 지금 아직 피가 벌거이 그 흔적이 안에 있어.

죽은 아기를 영원히 태우고 다니며 가엾은 원혼을 달래 주는 책임은 용마에게 떠넘긴 셈이다. 마을마다 있는 용마 바위는 장례도 없이 묻힌 작은 몸들을 위한 신전이자 사당이다. 그리고 이 이야기는 살아남은 우리들의 피 묻은 영혼을 위로하는 헌사다.

# '아들의 마더'에 관한
# 서늘한 탄생 신화

〈꽁지 닷 발, 주둥이 닷 발 새〉는 아들이 엄마를 삼킨 괴물 새를 뒤쫓아가서 앙갚음을 한다는 이야기다. 채록된 자료가 많지 않아도 짜임새가 단단하고 깊이가 만만찮다.

어린이 책으로는 제법 여러 권 나와 있는데, 아들이 엄마를 구해 돌아오는 것으로 결말을 바꾸고, 아들의 여정을 강조한 것이 많다. 소년의 용기와 성장, 효도를 가르치려는 것이다.

그런데 채록된 원래 이야기는 이렇게 각색해도 될까 싶을 정도로 아주 다르다. 이야기는 시작부터 충격적이다.

이전에, 어떤 산골에 가난한 과부가 어린 아들 하나를 데리구 살어요. (…) 팔월 추석이 들오와 그 아들을 보구서, "아가 오늘 가 나무 많이 해 오너라? 저기 내 그동안에 너 추석 때 고까옷 해 주께." 그랬어.

그렇게 얘가 가서 그냥 부지런히 나무를 해 가지구 왔어요. 오니

까, 울타리에다 빠알강 걸 널어 놨는디 좋아라구. "아이구, 우리 어

머니가 내 고까 저고리 해 줄라구 물을 딜여 저렇게 널었구나." 하

구서는, 와서 보니까 어머니두 욱구(없고), 울타리 널응 건 사람의

가죽여.

"우리 어머니 워디 갔느냐?"구 그러니까, "느이 어머니는 꼬랭이 댑

발 주딩이 댑 발 새 두 마리가 와 가지구 잡어먹구, 발허구 머리허

구만 방이다 두구서 잡어먹구 가죽은 그렇게 거기다 걸어 놓구 갔

다." 그런단 말여.

-한국구비문학대계, 1983년 충남 공주군 유조숙의 이야기. 이하 같음.

괴물의 정체는 날카로운 이빨이나 발톱이 아니라 긴 꽁지와
주둥이다. 매나 독수리 같은 맹금류보다 두루미나 황새의 모습에
가깝다. 새의 꽁지깃은 폭력과 거리가 멀고, 닷 발이나 되는 주둥이
는 무엇을 공격하기에 거추장스럽기까지 하다.

두루미의 경우 꽁지(접었을 때는 꽁지처럼 보이지만 사실
은 날개깃이다)를 활짝 펼치고, 긴 부리를 치켜든 채 시끌벅적 춤
을 추는데, 이는 짝짓기 행동이자 무리 안에서의 중요한 의사소통
이다.

사람에게도 '꽁지를 흔들거나', '주둥이를 놀려 대는' 것은
통제되지 않는 섹슈얼리티와 발언을 뜻한다. 보통 남성이 여성에
게, 윗사람이 아랫사람에게 함부로 내뱉는 언사다. 그 새는 피를 흘
리며 '감히 엄마를 벗어 놓고' 집을 나간 '용서받지 못할 여자'인 것
이다.

아들이 집에 돌아왔을 때 '있어야 할' 엄마가 없다. 빈껍데기만 남루하게 걸어 둔 채 말 한마디 없이 사라져 버렸다. '꽁지 닷 발 주둥이 닷 발 새라니! 언제까지나 나를 먹이고 품어 주어야 할 엄마에게 날개가 있었을 리 없다.' 아들은 엄마가 자기를 두고 떠났다는 사실을 받아들이지 못한다. 그의 분노는 '내 엄마'를 삼킨 '꽁지와 주둥이의 괴물'을 겨눈다.

월마망큼을 가니까 또 모심는 사람이 있더래요. 우리 어머니 잡어 먹은 꽁지 댑 발 주딩이 댑 발 새 워디루 날러가능 거 봤느냐구 그러니까. "이 모 다 심어 주면 알켜 주마." 그 모를 다 심어 줬더니, 이 너머루 가라구.

괴물 새가 간 길은 그동안 엄마가 해 오던 노동으로 이어져 있다. 모 심고, 담배 심고, 까치와 멧돼지를 먹이던 길이다. 이야기하는 사람에 따라 "태산 같은 빨래를 씻어서 삶아서 헹궈 풀 먹여서 농 안에 넣어 줘야" 한다거나, "변소간의 구더기를 다 주워서 아랫물에 씻고 윗물에 헹궈 까마귀 입에 넣어 주는" 행로를 길고 생생하게 묘사하기도 한다. 아들은 논일, 밭일, 집안일에 양육과 보살핌 노동을 떠맡으며 살아온 엄마의 고단한 발자취를 따라 새의 집에 이른다.

가니까 첩첩산중이 들어갔더니. 가마안히 가서 망을 보니까 참 새 날러댕긴 자취가 익구, 그런디, 이렇게 돌문이 닫혔어. (…) 그 돌문을 잡어 제끼구서 들어가 봤더니, 그게 새집여.

그래 가마안히 들어가서 벽장 속이 가 들어 앉었으닝깨, 이놈으 새덜이 오더니, "아이구, 인내 난다. 인내 난다." 그러더니, "저녁을 떡을 해 먹자."구.

그러구서는 (…) 떡을 금방내 해서 시루를 쪄서 놓구서. "장자네 집이 가서 칼 읃어 가지구 와서 이 떡얼 쓸어 먹자." 그러구 가더랴.

새의 둥지는 나무 위가 아니라 무거운 돌 밑에 숨어 있고, 저녁이 되어 귀가한 새들은 괴물의 모습이 아니다. 그녀들은 사람 냄새를 맡고도 놀라기는커녕 함께 저녁거리를 궁리하더니 떡을 하겠단다. 누추한 땅굴 살림에 걸맞지 않게 떡을 하고, 미처 갖춰 두지 못한 칼과 주걱을 빌리러 가는 모습에서 혐오스러운 주둥이와 꽁지는 희미해져 있다. 괴물 새는 찾아온 아들을 먹이려고 여념이 없는 보통의 엄마인 것이다.

그동안에 가서 구정물을 퍼붚구 그냥 재를 훌훌 뿌리구 그러구 들어왔지. 아 그러더니 오더니 "이게 워쩐 일이냐?"구. "이거 뫂 먹게 생겼다."구 시루를 떠 집어 내빌더니, "밥을 해 먹자."구. 밥을 해 놓구서, "이제 장자네 집이 가서 주걱을 읃어 가지구 와서 퍼 먹자." 구 그러드랴.

주걱 읃으러 간 새, 또 재를 퍼붚구, 저기 구정물을 퍼붜 놓어. 그랬더니 오더니, "아이구, 할 수 읎이 굶어 자는 수뱆이 읎다."

그러나 아들은 엄마의 새 출발을 받아들일 생각이 없다. 세상의 눈을 피해 땅속에 꾸린 '비정상 가족'을 인정할 수 없는 것이다. 아들은 모두가 함께 나눌 양식에 재를 뿌리고 구정물을 뿌림으로써 엄마의 떡과 밥을 누구와도 나누지 않겠다고 선언한다. 엄마는 아들의 투정 앞에 속수무책이다. 아들의 상실감을 달랠 길이 없음을 알아채고 제풀에 지치도록 기다리기로 했는지도 모른다. 하지만 아들은 끝내 엄마로부터 분리되지 못한다.

　　그러구서는 (…) 인저 방에서 자는디. 어쨌던지 꼬추가루를 훌훌 뿌리구 바늘루 그냥 사뭇, 뿌렸어. "하이구 따거. 깔때기가 문다구. 빈대가 무나 보다구. 저기 뜰이 가 자자."구. 뜰이 나가서 그러는디 또 한 봉지를 갖다 뿌렸어. 그랬더니, "아이구, 이렇게두 못 허구 저렇게두 못 허구. 별 수 옰이 가마솥이 자자."구. 가마솥이루 들어가더래요.

　　아들은 고춧가루를 뿌리고 바늘로 찌르며 난폭하게 달라붙지만, 엄마는 아들의 격렬한 분노를 똑바로 응시하지 못한다. 그저 응석받이를 대하듯이 폭력을 받아 내다가 마침내 가마솥으로 들어가기에 이른다. 지정석이었던 밥과 떡의 자리로 다시 내몰린 것이다.

　　(아들은) 솥뚜껑을 덮어 놓구 불을 때기 시작했어. 처음에는 때니까, "아이구 따뜻하다, 따뜻하다." 그러드니, "구만 때라. 구만 때

라.” 하더니, 자아꾸 때닝깨 그 속에서 후둑후둑 날르는 소리가 나더니, 빠짝 타서 그냥 요만 한, 콩만 한 숯 덩어리가 돼 죽어 버렸어.

아들은 가마솥 뚜껑을 눌러 엄마를 가두고 불을 붙인다. 따뜻하던 온기는 무서운 열기로 번져 간다. 집착이 되어 버린 아들의 일방적인 사랑은 죽음의 열기에 휩싸인다. 화려한 꽁지와 당당한 주둥이의 새는 검은 가마솥에 갇혀 빨갛게 달궈져 죽은 뒤 숯덩이가 된다. 울타리를 넘어 세상으로 나아가던 그녀의 섹슈얼리티도 모성도 영원히 사라졌다.

그래 그눔을 도구통이다 퐁퐁 빻궈 가지구서 오메 오메 길이다 뿌렸대요. 그래 웬수를 갚었어. 그랬더니 그게 모기가 됐대요. 그게. 모기가 그 꽁지 댑 발 주딩이 댓발 새 죽은 원혼이라 그 주딩이가 길어 가지구 그케 사람을 문다.

엄마가 남긴 한 줌의 재는 모기가 되어 버렸다. 알다시피 모기는 암컷만 피를 빤다. 피를 빨아야 알을 낳을 수 있으므로 모기의 흡혈은 지극한 모성이기도 하다. 환한 햇빛 아래 날갯짓하던 그녀는 어둠을 틈타 시궁창을 오가며 피를 찾는 날벌레, 맘충이 되고 말았다. 아들이 얻은 것은 밤이 깊도록 앵앵거리며 성가시게 들러붙는 모성이다.

시인이자 세 아이의 엄마였던 에이드리언 리치가 자신의 성

정체성을 고백하며 이혼을 요구했을 때, 남편 알프레드는 자살로 응답한다. 아내의 사랑이 더 이상 자신을 향하지 않는다는 이유로 가장 끔찍한 폭력으로 복수한 것이다.

하지만 에이드리언은 옛이야기의 괴물 새와 달리 가마솥에 갇히지 않았다. 세 아이와 함께 무거운 돌문을 열고 나와 지금까지 모성에 대해 노래하고 있다. 그가 말했듯이 우리 사이에 지금 일어나는 일들은 아주 오래된 일이다. 그리고 하늘에는 여전히 괴물의 모습을 지닌 여자와 여자의 모습을 한 괴물로 가득 차 있다.°

이 이야기는 '아들의 마더'에 관한 서늘한 탄생 신화다.

---

○《문턱 너머 저편》, 에이드리언 리치, 문학과지성사, 2011

# 말하는 아이,
# 콩쥐

〈콩쥐 팥쥐〉는 누구나 알지만, 널리 알려진 것은 '못된 계모에게 구박을 받던 착한 콩쥐가 감사(원님)에게 시집가서 잘 살았다'는 줄거리뿐이다. 그 때문에 재혼 가정에 대한 편견과 결혼에 대한 헛된 환상을 심어 주는 이야기로 지목되곤 해 왔다.

그런데 이런 섣부른 낙인은 이 이야기가 콩쥐라는 한 여성의 생존기라는 점을 덮어 버린다. 우리가 들어야 할 것은 '상층 계급의 남자와 결혼에 골인한 예쁜 여자의 성공담'이 아니라, 가부장제의 방임과 학대를 딛고 노동과 연대의 힘으로 강인하게 살아남은 여성의 생존기다.

콩쥐래는 딸을 하나 낳고 어머이가 죽었잖아요. 죽어 가지고 계모를 하나 은었는데 그렇게 구박을 허는 거예요.

–한국구비문학대계, 2009년 경기 김포 이영희의 이야기

옛이야기에서 홀어머니는 아들을 나무꾼으로라도 키워 내지만, 홀아비가 제 손으로 자식을 키우는 경우는 드물다. 콩쥐의 아버지도 딸을 떠맡겨도 될 만한 여자를 데려와 붙여 버리고(의부倚附) 이야기에서 사라진다.

(의붓)어머니는 아버지가 없거나, 있으나마나 한 두 아이의 양육을 떠맡아야 한다. 뿐만 아니라 자갈밭의 김을 매고, 베를 짜고, 나락 방아를 찧어야 한다. 물은 날마다 길어 와도 물독 밑이 빠진 것처럼 동나기 일쑤다. 그리고도 집 안을 쓸고 닦고, 아궁이 재를 치우고, 세 끼니 밥상을 차려야 한다.

그 의붓어머니는 아마 콩쥐처럼 자랐을 것이다. 간신히 혼인 제도 속에 자리 잡았지만 후처인 데다가 아들도 없으므로 언제 밀려날지 모른다. 강퍅해진 몸과 마음으로 팥쥐를 통해 상승하기를 꿈꿀 뿐이다. 그에게 팥쥐는 욕망이자 집착이며, 콩쥐는 외면하고 싶은 누추한 현실이다.

> 아버지가 있을 때는 그렇게 잘해 주고, 없을 때는 막 머리끄댕이 뚜드려 패구 그라는 거야. (…) 속에는 멍이 들도록 꼬잡아 뜯구.
>
> -한국구비문학대계, 2015년 충북 보은 구경자의 이야기

콩쥐는 아버지의 방임 속에서 학대받으며 자란다. 유년기를 지나자마자 '살림 밑천'이자, 가부장의 인정을 놓고 다투는 '앙큼한' 경쟁자며, 가장 손쉬운 약자가 되어 온갖 짐을 떠안아야 한다.

맏딸로서 어머니에게 맡겨진 혹독한 노동을 나눠야 하고, 어머니의 미성숙한 자아를 감당해야 한다. 가부장의 집은 세 모녀의 전쟁터가 되어 간다. 콩쥐가 마음껏 울며 살아갈 힘을 얻는 곳은 오히려 대문 밖의 험한 자갈밭이다.

> 밭을 매는데 (…) 호미가 똑 부러지잖아. 그러니까 인제 우는 거여. 우는데 하늘에서 검으런 황소가 내려오더니,
>
> "콩쥐야, 콩쥐야 왜 우니?" (…)
>
> "아이고, 나는 아버지두 없고, 이렇게 사는데, 팥쥐는 쇠호밀(쇠호미를) 줘서 명주 수건을 걸어서 밭을 매러 보내고, 나는 막대기 호밀 줘서 호박잎을 걸어설랑에 주는데, 팥쥐는 곤(고운) 베치마 저고리를 해 주고, 나는 왕(거친) 베치마 적삼을 이렇게 해서 줘서 와설랑에 밭을 매는데, 먼저 매고 들어온 애는 밥을 주고 나중에 매고 들어온 애는 내쫓는다니, 어떻게 하면 좋으냐구, 호미가 부러져서…"
>
> "너 저기 가설랑에 아랫물에서 손발 씻구 우앳물에 가서 머리 감고 가운데 물에 가서 목욕하고 오너라." 그래거든.
>
> -한국구비문학대계, 1982년 경기 용인 권은순의 이야기. 이하 같음.

검은 소(황소보다 암소일 때가 더 많다.)는 야단스레 콩쥐를 위로하지 않으며 섣불리 아이의 처지를 캐묻지도 않는다. 그저 콩쥐의 말을 들어주고, 북바친 감정을 스스로 가라앉히도록 기다렸다가 먹을 것을 준다. 영화 〈벌새〉(김보라 감독, 2019)에 나오는 영지 선

생님 같은 인물일 것이다. 콩쥐는 소에게 얻은 음식을 어머니와 팥쥐를 위해 남겨 올 정도로 평온함을 회복한다. 분노와 설움을 다루는 힘이 생겼기 때문이다.

어머니의 숙제는 점점 혹독해진다. 남들이 잔치를 하며 노는 동안에도 콩쥐는 '베를 짜고, 나락 방아를 찧고, 물독을 가득 채워야' 한다. 알다시피 콩쥐는 이 많은 일들을 모두 마친 뒤에 잔치에 참석하여 원님을 만난다.

그런데 콩쥐의 결혼보다 눈여겨봐야 할 것은 여러 이야기꾼들이 공들여 묘사하는 콩쥐의 일들이다. 나락은 참새들이 찧어 주고 밑 빠진 물독은 두꺼비가 막아 주는데, 이는 콩쥐가 수행한 노동의 여러 면모를 드러낸 것이다.

방아 찧기는 왁자지껄 웃고 떠들며 손발을 맞춰 흥겹게 해야 한다. 반면 물독을 채우려면 묵묵히 한 동이씩 이고 날라야 한다. 베 짜기는 씨실과 날실로 새로운 세계를 창조하는 일이다. 잠을 이기며 긴긴밤을 견뎌야 하는 혼자만의 수행일뿐더러 조직 노동이기도 하다. 삼을 찢고 삼는 등의 공정은 혼자 할 수 없기 때문이다.

콩쥐가 이 일들을 다 해냈다는 것은 대문 밖의 여성들과 이어졌다는 뜻이며, 노동을 조직하고 이끌어 가는 사람으로 자랐다는 뜻이다.

잘 알려진 이야기는 결혼을 클라이맥스로 끝나는 게 보통이다. 그런데 신데렐라 이야기와 달리 콩쥐의 이야기는 한참 더 남아 있다. 콩쥐는 시집을 잘 갔다지만 결혼 생활이 순조롭지 못하다. 아무리 번듯한 남편도 채워 주지 못할 결핍이 있기 때문이다.

콩쥐는 아직도 어머니를 갈망하고, 타인에게 버림받을까 봐 두려워한다. 어머니의 따뜻한 죽을 거절하지 못하여 팥쥐에게 문을 열어 주고, 목의 때를 씻어 주겠다는 말에 속아 수렁으로 들어간다. 더러운 몸으로는 사랑받을 수 없다는 불안은 섹슈얼리티에 대한 혐오이기도 하다. 자기 몸을 부정하면 누구를 사랑하기 어렵다. 낮은 자존감은 집착을 부를 뿐이다. 콩쥐는 죽고, 남은 것은 팥쥐의 불안한 얼굴이다.

선비가 어딜 갔다오니까 키가 쬐그만 게 새카만 게 (…) 있잖아.
"아유 얽기는 왜 저렇게 얽었나?" 그러니까,
"선비님 오시나 보노라 메밀 멍석에 엎드려 얽었지."
"푸르기는 왜 저렇게 푸른가?"
"선비님 오시나 보려고 팥 멍석에 엎드려서 푸르지."
"키는 왜 저렇게 작은가?"
"선비님 오시나 하고 문지방에 치받혀 작지."
"발은 왜 저렇게 작으냐?"
"선비님 오시나 하고 문지방에 채여서 그렇지."
그래 (팥쥐를) 데리고 산단 말이야.

부부 사이는 변해 버렸다. 남편의 무관심 속에 콩쥐는 말을 잃고 늪으로 빠져들었다. 하지만 콩쥐는 진흙 구덩이를 온몸으로 빠져나와 연꽃으로 피어난다. 꽃으로 변신한 콩쥐가 남편과 재회하는 장면은 촉각적으로 묘사되곤 한다. 서로 얼굴을 쓰다듬으며

방긋이 웃는다거나, 너울너울 춤을 추며 몸으로 소통하는 모습은
에로틱하기도 하다. 콩쥐는 비로소 자신의 섹슈얼리티를 받아들이
는 것 같다. 놀란 팥쥐의 손에 또다시 불구덩이에 던져졌을 때도 소
멸하지 않는 힘은 구슬같이 단단해진 자존감에 있다.

> "요놈으 꽃이 뭐냐?"구, (팥쥐가) 아궁지에 갖다 쳐 넣었지. (…) 그
> 이웃집 노인네가 불을 뜨러 왔어. (…)
> 부엌 아궁지에 빨간 구슬이 데굴데굴 굴르는 거, 그래 그놈을
> (…) 가지구 와서 놨는데, 이쁜 색시가 나오잖아.

콩쥐는 불구덩이 속에서 구슬이 되었다가 사람으로 환생한
다. 그리고 이웃집 할머니의 도움으로 남편을 불러 밥상에 앉힌다.

> 그래 아침을 해서 선비를 불러왔어. 젓갈을 짝짜기를 놨어. 그래설
> 랑에 밥을 먹는데 젓갈이 짝짜기니까, (…) "아이고 제기랄, 기집
> 바꾼지는 모르구서 젓갈 바꾼지는 아나 뵈." 그래더래.

침묵의 수렁에서 불구덩이를 거쳐 다시 돌아온 것은 죽었던
언어다. 콩쥐는 젓가락 바뀐 것은 알아도 아내가 바뀐 것은 모르는
남편의 무지와 상대방이 궁금하지 않은 게으른 사랑에 대해 거침
없이 나무란다. 부부는 높고 낮은 위계에서 벗어나 한 쌍의 젓가락
처럼 나란히 서야 사랑할 수 있다고 발언한 것이다. 결혼으로 잃어
버렸던 콩쥐의 말은 환생했다.

이야기의 마지막 장면은 가부장제가 빚어낸 비틀린 모성에 대한 희생 제의다. 콩쥐는 팥쥐를 죽여 젓갈을 담가 어머니에게 보낸다. 눈이 먼 어머니는 탐욕스레 딸을 잡아먹고 데굴데굴 구르다 고통스레 죽어 간다.

사실 콩쥐는 처음부터 '말하는 아이'였다. 엉엉 울면서도 암소와 두꺼비와 참새와 이웃집 할머니에게 왜 서러운지, 얼마나 애쓰며 살고 있는지 말했다. 그 말들은 분노와 서러움을 달래는 노래였으며 세상과 연대하는 무기가 되어 왔다.

콩쥐는 가부장제의 다중 억압에도 성장과 발언을 멈추지 않아 온 화자 자신이며, 이야기를 이어 가고 있는 우리 모두의 이름이다.

# 새로 태어난
# 어머니는 모성에
# 갇히지 않는다

옛이야기에는 여성이 일생 동안 겪을 수 있는 가부장제 폭력의 수많은 사례가 있다. 〈손 없는 색시〉는 부모로부터 끔찍한 학대를 겪고 살아남은 여성의 생존기다.

아버지가 딸의 손목을 작두로 댕강 자르는 대목에서는 몸이 오그라든다. 이렇게 피가 철철 흐르는 이야기가 지금까지 이어지는 것은 가족 제도의 폭력성이 좀처럼 사라지지 않기 때문이다. 이 잔혹한 이야기 속에는 세 명의 어머니가 있다.

> 잇날에 한 사람이 딸을 하나 낳고 상처를 했는데… 재혼을 해 논
> 께 재혼한 오마이가 들어와 가지고, 참 딸을 몹시 부리먹어요.
>
> -한국구비문학대계, 1983년 대구 김음전의 이야기

처음 등장하는 어머니는 주인공의 계모다. 아버지에게 딸의 손목을 자르도록 사주하는 모진 인물이다.

그런데 옛이야기에서 계모는 생모가 아니라기보다 모성의 다른 면을 나타낼 때가 많다. 어머니는 체액인 젖을 주고, 똥오줌을 비롯한 가장 내밀한 몸의 비밀을 공유하는 최초의 타인이다. 그러므로 모든 인간의 첫사랑은 어머니를 향한다. 스스로 생존하지 못하는 아이는 온몸으로 '목숨을 걸고' 사랑한다.

하지만 어머니는 아이만을 위해 준비된 사람이 아니며, 어머니 말고도 다양한 얼굴이 있다. 가부장제 가족 제도 안에서 모성을 구실로 양육과 보살핌을 떠맡아야 하는 약자이며, 모성을 앞세워 가혹한 폭력을 휘두르는 괴물이 되기도 한다. 이 복잡하고 혼란스러운 인물을 옛이야기에서는 계모라고 한다.

가만 어마이가 본께, '조기이 우짠 솜씬지 솜씨가 그렇기 있어. 그것 참 안 되겠다.' 싶어 가주고 저그 아바이한테도 이 얘길 했어. "우리 집구식이 핀할라만 (…) 저 딸을 손목을 탐박 끊어 가주고 내쫓아 뿌리소."

－한국구비문학대계, 1983 대구 김음전의 이야기

(쥐를) 잡아 가지구서는 껍데기를 호루루루 벗겨서 전실 딸 치마 속에다 넣구 (…) "저년 시집갈 때가 되구 그러니까 서방질을 해서 애 있나 보다." 그래더래유. (…) 그래서 아버이가 한 날은 (…) 작두를 새파랗게 갈아다 놓구 (…) "양반의 집에 이런 법이 없다. (…) 이년아, 여기 손 넣어라." 그래더래유.

－한국구비문학대계, 1982년 경기도 용인 오수영의 이야기

양반집 안주인인 어머니가 가부장에게 부여받은 책임과 권력은 딸에 대한 단속이다. 계급 사회일수록 하층 계급의 여성은 성적으로 착취되고, 상층 여성은 성적으로 구속되기 마련이다.

양반의 딸은 남달리 돋보여도, 성적 매력을 어필해도 안 된다. 친족을 비롯한 주변의 성인 남성들과 '불미스러운' 일이 생겼다면 진실이 어떻든 징벌감은 언제나 어린 여성의 몸이다. 딸을 '매섭게 가르치는' 것은 '뼈대 있는' 집안을 위한 일이므로, 어머니는 '함부로 손을 놀리지 못하도록' 가부장의 시퍼런 칼날을 동원한다.

> 배는 고프구 (…) 담 밑에를 이렇게 쳐다보니까, (…) 그냥 배가 이만큼 한 게 주렁주렁 달렸는데, (…) 고 담에를 올라가설람에 (…) 이 닿는 대루 그냥 한 입 베어 먹구 뚝 떨어뜨리구, 한 입 베어 먹구 뚝 떨어뜨리구 이랬대유.
>
> —한국구비문학대계, 1982년 경기도 용인 오수영의 이야기

부모로부터 돌이키기 어려운 상처를 입은 채 추방된 딸은 세상과 소통할 길을 찾지 못하고 굶주린 짐승처럼 남의 집 담장을 넘는다. 야무지던 손 대신 이빨을 드러내고 닥치는 대로 물어뜯지만 허기는 채워지지 않고, 자기처럼 상처 입은 열매들만 늘려 갈 뿐이다. 그녀는 속수무책으로 누군가의 손에 들어간다.

> 그 참 선비가 글을 좌알잘 일으키다가 (…) 본께 손이 없는 기라. 두 손이. 그래 팔을 탁 걷어지미성, (…) 딜꼬 드갔어. 디리고 드가

가지고 (…) 빅장(벽장)에다가 (…) 처녀를 버썩 들어다, 안아다 놓고 문을 탁 닫았 분다. (…) 밤으로는 디리고 자고 낮으로는 언제든지 밥을 믹이고 고래 자꾸 감추고 감추다가 그러구로 한 달 돼 가는 기라. (…)

그래 오마이가 이야기를 해 가주 (…) 머리 빗기서, 땋아서, 세수 시키서, 옷 갈아입히서 요래 분칠꺼지 해서 앉히 냈다가 고마 그 아들하고 미느리하고 머리를 얹지 줬어.

- 한국구비문학대계, 1983년 대구 김음전의 이야기. 이하 같음.

주인공은 살아남기 위해 극단적인 수동성을 선택한다. 섹슈얼리티를 대가로 먹여 주면 받아먹고 품어 주면 안길 뿐, 관계에서 아무것도 주도하지 않는다. 전략은 크게 성공한 듯이 보인다. 집에서 쫓겨난 소녀가 유복한 집의 며느리가 됨으로써 가부장제 가족제도 안에 자리를 얻었기 때문이다. 그러나 극심하게 기울어진 관계에서 강자가 베푸는 온정은 기댈 것이 못 된다.

이 총각이 고마 (…) 과거하로 가는 기라. (…) 근 일 년이 다 돼 간께로 (…) 달떡 겉은 아들을 낳아 놨어. 하도 어마이가 좋아 가주고 (…) 서울 아들한테 편질 했어.

"야야, 야야, 너 간 후로 (…) 세상에 달떡 겉은 아들을 낳았다. 어서 어서 과게해 가주고 니리온너라."

(…) 배달이 그거를 울러미고 (…) 주막에 가서 (…) 자는데, 주막재이가 (…) "아이구 야야, (…) 눈도 코도 없고 두리두리 뭉시이 겉

은 거로 낳아 났다. 이거 우예야 되겠노?" 이래 편지를 떠억 써 가
주 옇었어. (…)

(총각이 받아 보고) '아이구 우리 어무이가 빈했는강. 암만 두리두
리 뭉시이 겉은 걸 낳아도 이래는 안 할 낀데. (…)' 싶어 가주고 또
편지를 쓰기를 "오무이, 오무이, 두리두리 뭉시이나따나 날 가도
록 나뚜이소. 뭐 눈도 코도 없는 째본따나 날 가두룩 나뚜이소."
이래 했는 기라.

(…) 이기 니러오다 또 거어 잤는기라. (…) 고 여자가 또 디비 가주
고 (…) "아이구 어무이, 그까짓거 두리두리 뭉시이 겉으마 뭐하겠
십니까? 눈도 코도 없이마 그 뭐하겠십니까? 내쫓아 뿌리이소."
이래 써가 주 옇었는기라.

편지는 남편과 시부모 사이에서 오갈 뿐, 며느리는 아무런
발언권이 없다. 그들의 공론장에서 그들의 잣대로 평가되고 거명
될 뿐이다. 당사자가 배제된 공론은 쉽사리 왜곡된다. 뒤바뀐 편지
를 구실로 여자를 다시 벼랑 끝으로 내몬 사람은 온정적이던 시어
머니다.

첫 번째 어머니가 가부장의 칼로 딸의 손목을 자르게 했다
면, 두 번째 어머니는 아들의 말을 앞세워 며느리의 등에 손수 핏덩
이를 업혀 밀어낸다. 그들이 독점한 언어의 네트워크는 칼보다 강
한 권력이므로 굳이 피를 볼 필요가 없었던 것이다. 무기력과 침묵
은 색시를 지켜 주지 못했다.

가다가 가다가 (…) 새암 가에 가 가주고 (…) "하이구 (…) 미안하지만 물 좀 주이소." 칸게, "아이구, 세상에 이이키 좋온 아기에다가, 이런 좋은 인물에 왜 손이 없느냐?" 카미성 그래 물 좀 떠 주고, 아아 니라 가주고 젖 믹이서 입히 주고 이라거덩.

그래 주고 (여자들이) 드갔는데, (…) 딴 데 가다가 생각해도 그 새암에 가 그 물 좀 더 묵고 지와여(싶어요). (…) (사람을 기다리다가) 그 새암에 풍덩 빠져서 보이 (…) 양손이 허여이 달리가 있어서, (…) 검어쥐고 땡기 보고 이래도 그 손이 꿈쩍 없거등. 아이구 세상에, 아아는 막 뒤에서 울고 (…)

색시가 되살아난 곳은 와자지껄한 우물가다. 일하는 여성들의 시선은 어머니처럼 따뜻하며, 도움은 현실적이다. 차가운 우물물에 정신이 번쩍 든 색시는 함께 추락하던 아이에게 뜨겁게 '손을 내민다'. 모성을 되찾으며 다시 살아난 주인공은 이야기 속의 세 번째 어머니다.

한편, 신랑은 뒤늦게 아내의 뒤를 따른다. 벼슬자리를 버리고 엿장수가 되어 여러 해를 떠돌고 나서야 달라진 아내를 알아본다는 이야기도 있다. 색시는 인생을 걸고 찾아온 남편을 아이의 아버지로 받아들여 잘 먹고 잘 살았다고 한다.

여자는 우물가의 여성들과 손을 잡고, 손을 뻗고, 손에 넣으며 어머니의 역사(계모繼母)를 다르게 이어 갈 것이다.

# 토끼 같은
# 내 새끼와
# 남의 새끼

〈팥이 영감과 토끼〉는 아이를 삶아 먹는 끔찍한 화소에도 불구하고 〈한국구비문학대계〉에서 제공하는 녹음 파일을 들어 보면 이야기판의 분위기가 자못 유쾌하다.

어린이도 좋아하는 이 이야기에는 '토끼 같은 새끼'라는 우리말 표현의 두 얼굴이 담겨 있다. 토끼 같은 '내 새끼'는 애지중지 기르는 아기의 모습을 연상케 하지만, 토끼 같은 '남의 새끼'는 눈만 뜨면 태어나는 성가신 야생 동물을 떠올리게 한다.

주인공은 녹두 영감이라고도 하고 팥이 영감이라고도 한다. 그는 놀부처럼 심술 맞거나 독한 사람이 아니다. 콩이야 팥이야 알뜰히 따지며 살다 보니 이름조차 까탈스러운 팥이 영감이 되었지만, 나름대로 성실하게 살아왔다.

허리 펼 새 없이 일해서 장만한 산자락의 팥밭은 볼 때마다 대견하다. 아등바등 먹고사느라 바빠 자식도 못 보다가 다행히 늘그막에 '토끼 같은 새끼' 하나를 낳았으니 풍족하지는 않아도 남부

러워할 것도 없다.

그런 그가 시험에 든 것은 이웃에 사는 '토끼 같은 새끼들' 때문이다. 팥이 영감의 곁에는 '대책 없이' '토끼같이 새끼나 싸지르는' 가난한 이웃이 산다. 온 산을 차지하며 날로 번성하는 그놈들이 영 눈엣가시더니 기어이 영감의 팥밭을 넘보기에 이른 것이다. 성질 같아서는 한 꿰미로 단숨에 잡아들이고 싶지만, 하루하루 수가 늘어나는 데다가 어찌나 재빠른지 도무지 감당이 안 된다.

약이 오른 영감은 구차스럽기는 해도 금쪽같은 재산을 지키기 위해 잔꾀를 부려 보기로 한다.

> 토끼가 녹디를 자꾸 뜯어 먹는단 말에, 그래 한 눔 잡아야 된다고, 궁디에는 홍시를 하나 끼우고, 옆에는 찬물을 한 그릇 떠다 놓고, 헌 누데기 끼리고(감싸고) 헌 패래이(낡은 패랭이) 쓰고, 그래 가주 녹두밭 머리에 가만 놓다이께네. (…) 그래 토끼들이 마구 쫓아오디마는,
> "아이구, 양지짝 토끼야, 음지짝 토끼야. 녹디 첨지가 죽었다. 우리 장사 지내자. 굶어 죽었을라이 여 볼에 밥풀 묻었고, 또 얼어 죽었을라이 헌 두데기(누더기) 끼렸고, 디(데어) 죽었을라이 헌 패래이 썼고, 목말라 죽었을라이 물 떠놨고, 궁디가 빠져 죽었다. 이거 장사 지내자."
> 양지짝 토끼는 칡 걷어 오고 음지짝 토끼는 장대 비(베어) 오고, 이래 가주고 장사를 지낸다고 너불너불 그머 가다이, (영감이) 벌떡 일나 큰 놈 한 놈을 잡았다. 다른 놈은 다 달아났 부고. 한 놈

을 가주고 집에 왔다.

-한국구비문학대계, 1982년 경북 봉화 정익원의 이야기. 이하 같음.

팥이 영감이 미끼로 삼은 것은 죽음을 대면한 사람의 도리다. 망자의 모습으로 누워 있는 그를 짐승(같은 것)들은 차마 외면하지 못한다. 토끼들은 평소에 살가웠을 리 없는 팥이 영감이 진짜 죽었는지 미심쩍어하지만, 자기 부모를 모시는 것처럼 상주가 되어 장사를 치러 준다.

반면 목적을 위해 인륜조차 수단으로 삼는 자는 걸핏하면 인륜을 들먹이는 인간이다. 영감은 재산을 지킨다는 대의를 내세워 남의 부모 장례를 치르느라 여념이 없는 토끼를 잡아들인다.

그래 뚱거리를(장작을) 탕탕 패다 이놈의 할마이, 토끼를 벳기도 안 하고 고마 솥에 갖다 여 놓골라, 고마 이웃에 불 가줄로 가 분 새(불 가지러 가 버린 사이), 저놈의 토끼란 놈이 나와 가주고 바(방에) 가서 아를 고마 솥에 옇고 지는 방에 들어가 둘눴다(드러 누웠다). 푹 삶아 가주고 (…)

"아이고, 이거는 우리 얼라 팔 겉으오?"

"토꾸 발이 여사 그러이(보통 그렇지)."

"아이, 요거는 우리 얼라 눈 겉으오?"

"토꾸 눈이 여사 그러이."

"요건 우리 얼라 귀 겉으오?"

"토꾸 귀가 여사 그러이." (…)

*"토구 고기 먹고 젖 내주마."*

*이카고 먹다이,*

*"요거는 우리 얼라 불알 같으오?"*

*"토구 불알 여사 그러이."*


부부의 대화는 '내 새끼'와 '남의 새끼'에 대한 섬뜩한 통념을 고스란히 드러낸다. 그들은 방 안에 고이 눕혀 둔 자기 새끼와 꼭 닮은 남의 새끼의 몸에 불을 지르고, 눈도 깜짝 않고 남김없이 먹어 치운다. 토끼는 짐승이고 방 안의 아이는 사람이니 지나친 해석이라고 할 수도 있다.

그러나 시야를 넓혀 보면 짐승이어서 죽인다기보다, 죽여야 하므로 사람을 짐승처럼 대접하는 일이 차고 넘친다. 아프가니스탄이나 이라크, 우크라이나의 아이들이 부시나 푸틴에게 그저 성가신 토끼 새끼가 아니라면 어떻게 망설임 없이 포탄을 퍼부을 수 있을까. 팥이 영감이 그들과 다른 점은 자기 자식이 하나냐 둘이냐의 차이뿐이다. 이들은 모두 자기 자식은 끔찍이 귀하게 여기는 보통의 아버지들이다.

전쟁이 아니라도 '토끼 같은 새끼'를 둘러싼 부조리한 담론은 날마다 되풀이되고 있다. 인구 담론도 마찬가지다. 통계청에서 발표한 〈2019년 세계와 한국의 인구 현황 및 전망〉에 따르면 "2019년 세계 인구는 77억 1천만 명으로, 2000년에 비해 1.3배 증가하였고, 향후 2067년에는 103억 8천만 명에 이를 전망"이라는데도, 우리나라를 비롯한 선진국의 팥이 영감들이 인구가 줄어든다고 야단인 것은 '토끼 같은 남의 새끼'와는 결코 공존할 생각이 없기 때문이다.

실제로 2019년 대비 2067년 대륙별 인구는 아프리카(2.4배), 라틴아메리카(1.2배), 북아메리카(1.2배), 아시아(1.1배)에서 증가할 전망이라니 지구 인구는 토끼처럼 불어나고 있다고 해도 틀린 말이 아니다. 문제는 이렇게 태어난 아이들의 상당수가 굶주리고 있다는 점이다. 국제 적십자사에서는 아프리카 인구의 4분의 1 이상이 배고픔에 직면해 있으며, 그 수는 적어도 3억 4천 600만 명에 이른다고 경고하고 있다.°

팥이 영감으로서는 "그게 어떻게 내 책임이냐?"고 하겠지만, '문명을 이끄는 만물의 영장'이 밀고 오기 전의 그 산자락은 토끼를 비롯한 짐승들의 땅이었으며, 아프리카에 가뭄과 전쟁, 마약과 질병을 선물한 자들은 선진국의 성실한 팥이 영감들이다. 둥근 지구에서 극심한 불균형이 유지될 수 있는 것은 그들이 차지한 쇠붙이와 불의 힘 때문이다. 영감의 무쇠 가마솥과 이웃에게 빌린 불은 토끼들에게는 살상 무기나 마찬가지다.

하지만 울타리를 넘나드는 검은 토끼, 누런 토끼들도 호락호락한 상대는 아니다.

그래 다 먹골라 드가서 젖 믹일라고 이불 들시이, 토꾸가 톡 튀이 올라와. 횟대에 올라앉으며, "아이고, 지 새끼 잡아먹고 날마저 잡

**여자는 어머니로 태어나지 않는다**

아먹을라 근다!"

기가 찰 노릇이지만, 팥이 영감이 맛있게 잡아먹은 것은 애지중지하던 자기 자식이다. 산토끼를 잡으려다 집토끼를 잡고 만 것이다. 방 안의 아기는 과잉보호 때문에 성장하지 못한 채 유아기에 고착된 존재를 상징할 수도 있다. 산토끼들로부터 보호(?)된 토끼 같은 아기는 가마솥에서 무력하게 죽는다. 제 발로 걸어 나오지 못할뿐더러 울음소리도 제대로 내 보지 못한 채 희생되고 만다. 영감이 모시는 불은 정작 흰 토끼와 검은 토끼, 산토끼와 집토끼를 가리지 않기 때문이다.

분에 못 이긴 팥이 영감은 토끼를 쫓느라 온 집안을 다 태워 먹고 나서야 무언가 크게 어긋났음을 알아차린다. 하지만 그는 이미 모든 것을 잃었고, 토끼는 "내 좆 봐라!" 하며 온 산을 누비고 뛰어다닌다.

오늘도 팥이 영감들은 "저출산·고령화로 인구 구조가 역삼각형, 가분수 형태가 되면 저성장(이 되고), 또 연금복지 재정이 악화되고 국방력이 약화되고 대학 교육 시스템이 붕괴되는 문제가 생긴다."°며 겁박을 멈추지 않고 있다. '자랑스러운 단일 민족'이 몽땅 백발이 되어 보살펴 주는 이도 없이 굶주려 죽어 가는 그림을 끝없이 그려 주는 듯하다.

○ 2022년 4월 8일 연합뉴스에서 윤석열 대통령 당선자의 말을 인용하여 보도.

하지만 이런 디스토피아는 걱정하지 않아도 된다. 이미 우리나라에서 보살핌이나 농사같이 사람을 살리는 필수 노동은 외국인 노동자들이 썩 덜어 준 지 오래다. 또 한 해 신생아 20명 가운데 한 명은 국제결혼으로 태어난다. 인구와 관련하여 오히려 급한 문제는 남의 새끼들과 잘 어울려 살 방법을 찾는 일이다. 그것은 귀한 내 새끼를 살게 하는 길이기도 하다.

# 아버지와 아들은
# 다르게
# 이어질 수 있다

아버지를 뜻하는 한자 父는 돌도끼를 들고 있는 손을 형상화한 글자라고 한다. 실제로 斧(도끼 부)자에도 父자가 들어 있다. 아버지의 도끼는 나무를 베고 깎아 문명을 일구는 연장이자 피를 부르는 무기가 된다. 아들은 아버지의 도끼를 바통으로 넘겨받아 부계를 이어 간다.

아들이 지불해야 할 대가는 아버지에 대한 숭배와 복종이다. 도끼가 돌에서 청동을 거쳐 강철로 바뀌며 힘이 커질수록 대가 또한 커져 왔다. 아버지는 살아생전에는 물론, 죽어서까지 조상이라는 이름으로 아들들을 지배하려 해 왔다.

아버지의 힘과 재산은 아들들을 찢어 놓기 일쑤다. 카인이 동생인 아벨을 죽인 것은 아버지인 야훼의 인정을 독점하기 위해서였다. 살아남은 카인은 장자 상속 제도를 만들었지만, 형제끼리 목숨을 건 왕위 다툼은 마르고 닳도록 들어온 왕조의 뼈대다. 심심하면 드러나는 재벌 이삼 세들의 상속 다툼도 마찬가지다. 오죽하면 집안(의 위계)을 가지런히 하는 것(齊家)이 치국의 필수 전제라고 했겠는가.

하지만 이것이 다는 아니다. 문자로 기록된 역사는 과거의 일부에 지나지 않는다. 옛이야기에서는 아버지와 아들이 다르게 이어질 때가 많다. 이 이야기도 그렇다.

> 아부지가 뭣을 아는 사람이여. (…) 저것들이 내가 죽으면 생전에는 그 재산을 갖고 먹고 남을 테지만은 내가 없는디 곧 그냥 저것들이 거시기 허겠다 싶어서, 큰아들은 소리깨나 허고 거들거리고 노닌게로 소리 장구를 하나를 좋게 해서 귀짝(궤짝)에다 담아서 얹어 놓고 (…) 또 두째는 그냥 벙거지 쓰고 뭣 허고 수선 떨고 그냥 그 야단을 헌게로 그런 벙거지야 뭣이야 모다 갖다가 만들어 놨어. (…) 막동이는 아무것도 없이 박적(바가지) 하나를 칠을 딱 혀서는 귀짝에다 너 놓고 (…)
>
> ─한국구비문학대계, 1985년 전북 정읍 김요지의 이야기. 이하 같음.

아버지는 '뭣을 아는 사람'이다. 채록본에 따라 '풍수 보는 이'라고도 하니 신성을 지닌 인물이거나, '소 발자국 난 곳'을 자신의 묏자리로 정해 주는 쿨한 사람으로 묘사하기도 한다. (영화 〈캡틴 판타스틱〉에서는 평화와 자유를 꿈꾸며 살던 어머니가 뼛가루를 변기에 버리라는 유언을 남긴다.)

개나 소나 밟고 다니는 길바닥에 묻으라니 조상으로 떠받들 필요가 없다는 뜻일 테다. 제사고 뭐고 다 필요 없으니 지난 인연에

얽매이지 말고 자유롭게 살라며 해방시켜 준 셈이다.

　　그는 아들들에게 이러쿵저러쿵 간섭하는 대신, 이별 선물 한 가지씩을 '좋게 해서' 준비해 두고 깨끗이 사라진다. 당장 먹고 살 길이 없어진 아들들은 재산 가치는커녕 짐스러울 법한 물건들을 하나씩 받아 저마다의 길을 떠나야 한다.

　　그 장구잽이는 큰아들인디, 장구 그놈을 둘러메고 날은 저물고 점드락 걸어간게 배는 고프고, 나중으는 그냥 어디 산천에 올라가서, '작것! 노래나 한번 불러 보자.' 떵떵 고놈을 장단을 침서 자진놈(자진모리)로 장단을 침서 노래를 혀. (…) 날 저문지도 모르고 제거시기로 흥으로 노는디 (…) 그냥 팔도 놈으 호랭이가 다 들었어. 들와서는 걍 뛰고 요동을 혀. 그래서 동네에서 가만히 본게 그 산이 유명헌 산인디, 장구 소리는 장구 소리 대로 기가 맥히게 나고, 호랭이들이 불쓴 놈이 너울너울 춤을 추고 야단이여.

　　맏아들은 범이 우글대는 산속으로 들어간다. '소리깨나 하고 거들거리고 놀기 좋아하던' 그가 대면해야 하는 것은 굶주림과 공포다. 밤의 산속에 홀로 갇힌 그의 곁에는 아버지의 장구가 있을 뿐이다. 그는 장구의 몸을 울려 어둠을 가르며 노래하기 시작한다. 소리는 죽음의 적막을 깨고, 온 산의 범을 불러들여 너울너울 춤추게 한다. 그리고 소리를 좇아온 마을 사람들에게 범을 쫓아내게 한 뒤, 부자가 되어 고향으로 돌아간다. 그는 자신의 소리를 버리지 않을 테고, 공포와 두려움은 그를 붙잡지 못할 것이다.

또 하나는 어디 가다가 (…) 크나큰 동네 하나가 있는디, 죄다 빈집
이고 저 안에서 찾아 들어가닌게 열두 대문이나 열고 찾아 들어가
닌게 여자 하나가 있어.

"아이고 여보쇼! 오시기는 잘 오겠깄소만 큰일요." (…) "대처 뭣
이 그러냐?"고 헌게, "밤에믄 뭣인지를 모르고, 그냥 자정이 되면
은 마당 와 불 놓고 뭣허고 난리를 꾸미고 북새를 놔 갖고는 마지
막 하나씩 데리갔다."고. (…)

그래 (…) 그 벙거지를 그냥 죄다 둘러쓰고는 (…) 네 사죽을 벌리
고 (…) 앉었은게 (그것들이 와서 보고) 깜짝 놀라 뒤로 나자빠졌
어.

(…) "대체 너그라는 물건은 무엇이간디 저녁마다 와서 이 동네를
말기고 이 모양 이 꼴이냐?"

"그것이 아닙니다. (…) 여그 부잣집 진사 아들 하나가 있는디 어떻
게 지난스럽든지 사방으다 괴양이를 맨들어 놓고 문간에, 저 대장
(大壯卦)은 문간에다 걸고, 거시기를 모다 환(아무렇게나 마구 그
린 그림)을 그려 놔서, (…) 그리고 뒤안에 이 집 후원에 가서 그망
(금항아리) 세 개가 있는디 어떻게 오래가 되얐던지 사(邪)가 되어
갖고는, 다 그리서 잡신들이다."고.

"그러믄 너그 소원이 뭣이냐?"헌게, (…)

"아, 그 고양이 같은 것 뭣 같은 것 때려 부수고, 문간에 거시기도
다 시쳐(씻어) 버리고, 그망은 파서 인제 햇빛을 쬐면 괜찮지라우."


**둘째가 깃든 곳은 죽어 가는 마을이다. 그는 아버지의 벙거**

지를 쓰고 잡신들을 다스려 여자를 구하고, 재물을 얻는다. 그동안 마을을 파멸로 이끌어 온 것은 '지난스러운' 부잣집 진사 아들이다. 그가 고양이와 대장깨와 그망을 숭배하고 집착하는 바람에 사람들이 살 수 없었던 것이다. 유사 호랑이를 우상으로 빚고, 크고 힘센 것을 내세우며, 베풀 줄은 모르고 긁어모으기만 하는 자는 공동체의 재앙이다.

둘째는 사지에 벙거지를 쓰고 열두 가지가 넘는 얼굴로 그를 대면한다. 부지런한 손과 건강한 발, 강인한 뼈마디들은 모두 머리가 되고 얼굴이 된다. 복잡한 머리 속에 갇혀 있던 헛된 욕망 덩어리인 잡신들은 건강한 몸의 위엄에 압도되어 햇빛으로 이끌려 나온다. 둘째 또한 부자가 되어 아버지의 땅으로 돌아온다.

> 막동이는 어디 가다 본게로 높은 정자나무가 있는디 (⋯) 거그가 불이 타올라가. 근게 꽃 같은 각시 하나가 뽕데기(꼭대기)가 앉었어.
>
> "나 좀 살려 도라고! 나는 목신인디, 저 건네 안동네 그 이 진사 집이라고 있는디 그 딸 하나가 있는디 무남독녀 외딸인디 나헌테 빌어서 났다. 십 년을 빌어서 났어. 그런디 그 집 지와를 빼므는 십 년 묵은 지네가 있어. 근게 그놈을 잡아 쥑여라. 장작불 놓고 잡아 죽이면 산다."
>
> 근게 그놈은 죽었다고 물을 퍼서 끼논게로 박적(바가지)이 딱 보개지네.
>
> "아이고 울아버지가 밥 빌어먹으라는 박적인디 쪼개 버렸으니 나는

뭐를 먹고 사냐?"고 헌게,

"걱정 말고 그 집만 찾아가면 딸 나수먼(나으면) 내오간(내외간)
삼고 그 집 재산 다 차지허고… 뭔 걱정이냐?"

막내는 나무의 정령인 목신을 구해 주고, 동냥 바가지를 잃
은 대신 일생을 함께할 배필을 얻는다. 사경을 헤매던 처녀는 부자
가 십 년을 소원하여 얻은 귀한 딸이다. 금이야 옥이야 길렀을 테지
만, 부모의 지나친 사랑(?)은 자식의 숨통을 막기도 하는 법이다.
십 년을 기른 지붕 밑의 지네는 부모의 그늘에 갇혀 독이 되어 버린
딸의 자아인지도 모른다.

세 형제는 모두 아버지의 땅으로 돌아와 저마다의 집을 짓
고 풍요롭게 살았다고 한다. 자신의 소리를 잊지 않고 춤추고 노래
하며, 건강한 몸을 믿고 서로 사랑하며 살아갔을 것이다.

가부장제와 젠더, 신분 계급 제도와 기울어진 권력 구조 같
은 것은 힘이 세지만, 인간을 완전히 가두는 데 성공한 적이 없다.
언제나 그 모든 것보다 더 큰 것은 사랑이다. 아버지와 아들 사이에
이어져야 할 것은 도끼가 아니라 자신에 대한 긍정이며 살아 있음
에 대한 사랑이다.

옛이야기는　영웅을　민—

지 않는다

# 인생 역전한
# 사내의
# 피 튀기는 입지전

옛이야기에서 상전과 하인이 함께 등장한다면 주인공은 대부분 하인이다. 대다수 이야기꾼들의 처지가 소수 지배자인 상전보다는 하인에 가까웠을 테니 당연한 일이다.

그런데 주인공이라고 해서 미화하여 두둔하고, 상전이라고 해서 섣불리 죄악시하지 않는다. 옛이야기의 목적은 누구를 공격하거나 선동하거나 가르치려는 것이 아니라 인간의 얼굴을 드러내는 데 있기 때문이다.

〈꾀보 막동이〉 또는 〈상전을 골탕 먹이는 하인〉도 선과 악의 프레임으로는 이해할 수 없는 이야기다. 정치적 올바름이나 도덕적 교훈은 찾아보기 어렵다. 지역에 따라 주인공 이름이 막동이, 왕굴장굴대, 방학중 등으로 다양하지만 뼈대는 비슷하며 전국에 걸쳐 최근까지 전승되고 있다. 이야기꾼의 성별은 거의 남자다.

그린게 시골이 말이지, 어느 재사 하나가 살었는디 말이여. 그 하인

하나를 둔 사람이 이름이 막둥이드래여. 막둥인디, "막둥아." 불르
면, "예." 대답을 잘 허거든. 근게 막둥이라고 혔어요.
근디 서울로 과거를 보러 가는디 쥔네 말 끄댕기를 잡고서 서울을
올라가요.

-한국구비문학대계, 1982년 전라북도 군산시 이창섭의 이야기. 이하 같음.

등장하는 두 남자의 신분은 하늘과 땅 차이다. 주인인 양반
은 하인의 목숨을 좌우할 수 있으며, 과거를 거쳐 국가 권력에 다가
갈 수 있는 주류 신분이다. 하인인 막동이는 변변한 이름도 발언권
도 없는 그림자 인간이다. 그의 정체성은 상전이 결정하며, 그에게
허락된 말은 '예' 뿐이다.

꿈쩍도 않을 것 같은 둘의 운명이 요동치게 된 것은 여행 때
문이다. 상전과 하인은 말을 탄 자와 고삐를 쥔 자가 되어 위태로운
동행을 시작한다.

올라가는 도중에 (…) "팥죽을 좀 사 오너라." 그랬드래여. 그란게
팥죽을 사 가지고 와서는 (…) 뒤적뒤적 숟갈로 그러드래여.
"너 뭘 찾느냐?" 그런게, "지가 오다가 여그다 코를 빠트렸습니다."
그려. "네끼놈 너 먹으라. 니나 먹어라."고.

상전의 영역을 벗어나자 신분과 계급의 철갑은 빠르게 힘을
잃어 간다. 둘은 지치고 배고픈 여행자일 뿐이다. 하지만 상전은 하
인을 길동무로 대접할 생각이 눈곱만큼도 없다. 그동안 한 번도 하

인을 자기처럼 욕망하는 사람으로 생각해 본 적이 없으므로, 늘 그래 왔듯 무심하게 제 밥그릇만 챙긴다. 하인으로서는 다 된 죽에 침을 뱉거나 코를 빠트리지 않는 한 굶게 된 것이다.

죽 한 그릇을 다투게 된 형편은 상전 스스로 초래했건만, 상전은 자신이 무슨 일을 했는지 또는 안 했는지 자각하지 못한다. 제 힘으로 살아 본 적 없는 자가 더러움을 무릅써야 하는 먹이 다툼에서 이길 방법은 없으며, 죽 한 그릇에서 시작된 다툼은 걷잡을 수 없이 커진다.

"막둥아." "예." "이 서울이라고 하는 디가 눈을 뜨면 코를 베가는 세상이다. 그런데 너는 말을 잘 지켜야지 말 안 지키믄 잃어버린다." "예."
이게 대답만 하고서 이 녀석이 말을 팔어먹었어요. 팔어먹고서는 말 끄댕이만 잡고 눈을 딱 감고 이렇게 있어. 눈만 감고. 쥔이 와 본게나 말은 어디로 가 말 끄댕이만 잡고 있거든. (…)
"너 말 어쨌냐?" 눈을 번쩍 떠 보더니, "참말로 눈 없으면 코 베가는 세상이네. 그저 지가 눈을 감고 이렇게 말 끄댕이를 잡고 있는디 어떤 놈이 말 모가지를, 끄댕이를 끊어 갔습니다." 그라거든.
"그라냐." 고 (…) 이놈을 갖다 가서는 어떻게 자기가 당장이 죽일 수는 없고 집이 내리가서 죽이라고 등허리다 가서 글을 전부 써 붙였어.

힘이 어디에 있는지를 알아 버린 하인은 좀 더 과감해진다.

국가 권력을 비롯한 상부 구조가 거들지 않는 한, 죽은 죽 그릇을 든 사람의 것이며 말의 주인은 고삐를 쥔 사람이므로 상전은 속절없이 말을 빼앗기고 만다.

둘만의 링에서 하인을 감당할 수 없음을 절감한 상전은 링 밖의 권력을 동원하기로 한다. 하인은 죽임의 낙인을 등에 짊어진 채 상전의 영토로 돌려보내진다. 하지만 막동이는 이제 붓으로 작동하는 그들의 권력을 운명으로 받아들이지 않는다.

> 한간디로 온게 어떤 여자가 어린애를 업고서 떡방알 찧더래요.
> (…)
> "아주머니 (…) 아길랑은 내가 볼 턴게 아기 내리주시요." 그렇게
> 참 고맙거든. 그래 가지고서는 어린애를 안고서는 지가 떡을 맥인
> 단 말이여.
> 여자는 방아를 찧고 떡방아를 찧고 그라는디, 이놈이 다 찧게는
> (떡을) 탁 빼고서 어린애를 (확에) 집어넣고서는 그 떡을 가지고
> 왔어. 동네 여자가 따러갈 수가 있어야지 어떻게.

하인은 죽음으로 향한 길을 명을 거스르는 장정으로 바꾼다. 그 길은 거룩하지도 선하지도 않다. 도둑질, 강도질도 서슴지 않으며 나아갈 뿐이다. 우리의 주인공은 '의로운 도적'이나 '착한 강도' 따위의 형용 모순조차 빌려주기 어려울 정도로 뻔뻔하다.

상전이 우월한 계급적 지위로 타인을 죽음으로 몰아갔다면, 하인은 젊은 남자의 몸이라는 우월한 육체의 힘을 이용하여 약자

의 것을 빼앗는다. 아이를 인질로 삼아 어머니에게 떡을 빼앗고, 억지를 부려 꿀을 갈취한 뒤에 도둑질한 장물을 대가로 중에게 제 등짝에 쓰인 글자를 고치게 한다.

"이걸 붓이라고 먹으로 쓴 것이게 전부 물로 닦고서는 여그다 글씨를 쓰되 (…) 막둥이 집이 내리가걸랑은 집이 과년찬 딸 있는디 말이지. 딸허고 혼인을 해 가지고서 모시밭이다 집을 짓고 따로 내서 살림을 살으라고서 그렇게 쓰라."고 하거든.

역명(逆命)은 성공하고 하인은 죽음 대신 상전의 딸과 재산을 트로피로 받는다. 하지만 돌아온 상전은 '씨가 다른' 사내를 '가문의 일원'으로 받아들일 생각이 없다. 다만, 양반 체면에 잠시나마 사위였던 자를 손수 죽일 수 없으므로 망태기에 묶어 물가의 나무에 매달아 두라고 한다. 나뭇가지를 잘라 망태기째 물에 빠트려 점잖게(?) 죽이려던 것이다.

하지만 잡초같이 살아온 하인은 잠깐의 말미를 붙들고 다시 살아난다. 지나가던 눈먼 유기 장수를 속여 자기 대신 죽게 한 뒤 유기 짐을 챙겨 달아난 것이다. 그리고 강탈한 유기를 팔아 성공한 뒤 끝내 다시 돌아와 상전을 죽이고 그의 자리를 차지한다.

신분 계급 사회에 침을 뱉던 하인은 좀처럼 곁을 내주지 않는 그들의 권력을 제 것으로 만들어 버렸다. 스스로 상전이 된 것이다.

그 놈을 팔어서 (…) 잘 해서 입고서는 참말로 자기 쥔내기로 왔어.
이놈이 (…) 분명히 물속으 빠져 죽었는디 살어 왔거든.

"네놈이 어찌서 살어왔냐?"고.

"그렇게 아니라고. 그 유황으로 들어간게 참말로 (…) 세상에 살기 좋기는 그렇게 좋은 디가 없다."고.

(…) 그래서 즈이 장인은 빗자락을 들으락 하고 장모는 치를 들고 (…) 들어가라고 한게나, 그런게 이 쥔이 거그를 풍덩 들어가 버맀어요. (…) 허부적거리고 빗지락으로 이렇게 한게 즈이 장모 보고서,

"아, 어서 들으라고 시방 손 까불르지 않느냐"고.

근게 그 장모가 거그를 쑥 들어갔드래여. 들어가고 난게 인자 즈이 마느라가 들어갈라곤게 꼭 붙잡고는 거그 들어가믄 죽을 디라고, (…) 들어가지 말라고. 그라고서는 즈이 장인 장모 죽이고서는 즈이 처 데리고서 지가 그 살림 다 차지해 가지고 살드래여.


주인공인 방학중이나 막동이를 많은 이야기꾼들은 실존하는 인물로 믿고 있다. 이 이야기는 인생 역전을 한 어떤 사람의 입지전인 셈이다. 그런데 성공한 자의 뻔한 회고나 전기문과 다른 점은 이야기의 팽팽한 균형감이다. 이야기꾼들은 팔자 고친 남자에 대해 굳이 하극상이라며 성토하지도, 의적이라며 정당화하지도 않는다.

흔히 성공한 쿠데타는 혁명으로 둔갑하며, 그 과정에서 자행되는 살육과 약탈은 대의를 위한 작은 희생이라며 지워지기 일

쑤다. 하지만 이 이야기는 주인공의 범죄 행각 자체가 주요 서사다. 기울어진 운동장에서 피 튀기는 자리바꿈의 속사정을 옛이야기는 훤하게 알고 있기 때문이다.

# 쥐 좆도 모르는
## 이야기

〈둔갑한 쥐〉의 주인공은 (시)아버지나 외아들이다. 가부장이거나 그의 후계자로서 가족 서열의 꼭대기에 있는 인물인데, 어느 날 문득 둔갑한 쥐한테 자리를 빼앗기고 집에서 쫓겨난다. 식구들은 가부장을 알아보기는커녕, 쥐에게 속았거나 한통속이 되어 차갑게 그를 외면한다. 하늘같이 대접받던 주인공은 속수무책으로 쫓겨나 갖은 고생을 겪고 나서야 집으로 돌아간다는 이야기다.

비슷한 내용의 고전 소설로 〈옹고집전〉이 있는데, 소설 〈옹고집전〉이 나눔의 가치를 대놓고 가르치려 한다면, 이 이야기에는 두드러진 교훈이 없다. 대신 가부장제 가족 제도에 대한 은유와 풍자로 가득하며 가부장의 자리를 지켜야 하는 남성의 불안이 잘 드러나 있다.

글방이럴 보냈어 아덜얼. 보냈는디, 손톱얼 깎는디, 바윗독이 앉어서 쥐란 눔이 (…) 줏어 먹구 줏어 먹구 허더니, 저녁때 집이럴 가봉

개 저 같은 애가 떡 즈 집이 있거던?

-한국구비문학대계, 1982년 충남 부여군 홍길현의 이야기

옛날에 서울 그 홍 대갬이란 사람이 있었는데 (…) 양반이고 한께 장근 관을 씌고 댕기는 기라. (…) 그 관을 (평상에) 딱 벗어 놓고 변소에 가서 (…) 똥을 누고 앉았으니께 (…) 큰 쥐가 한 마리 쭈루루 기 나오디마는, 홍 대감 그 관을 벗어 씌디마는, 재주를 한 분 벌 떡 넘은께 고만 홍 대갬이 되 비릿어.

-한국구비문학대계, 1980년 경남 거창군 황천석의 이야기

한 부인네는 (…) 그 쥐를 밥을 줘서 켜(키워). (…) 그런디 요놈의 쥐가 얼마를 먹었던지 (…) 솔찬히(상당히) 컸네. 하루는 어떻게 되 앉었는고니 냄편이 어디를 가더니 메칠을 안 와. (…) 한 사흘 만이 되 앉든지 나흘 만이 되았든지 그 냄편이 들어와. (…) 조매 있은게 또 하나가 들오네. 냄편이 인자 둘이 들오네.

-한국구비문학대계, 1982년 전북 옥구군 이창래의 이야기

가부장이거나 가부장이 될 주인공은 무심한 사람이다. 그는 손톱이나 발톱, 세숫물을 무심히 버리고, 의관을 생각 없이 벗어 둔 다. 끼니때가 되어 밥을 푸도록 재깍 나타나지 않고 며칠씩 집을 비 우기 예사다.

사연은 손톱 발톱 부스러기를 치워야 하는 사람, 질척대는 마당을 밟아야 하는 사람, 의복을 짓고 빨아 줘야 하는 사람, 밥 차

려 놓고 한없이 기다려야 하는 사람이 할 법한 '잔소리'에서 시작한다. 일상의 크고 작은 갈등 거리인 셈인데, 저지르는 사람이 권력자라면 이야기가 달라진다.

그가 그저 무심하고 소탈한(?) 사람으로 알려져 있다면, 좀스럽게(?) 뒤치다꺼리를 하거나 속을 끓이며 수발드는 그림자 인간들이 따로 있기 때문이다. 가족이나 사회 조직에서 가부장의 위치에 있는(대부분 남자다) 이들은 이 단순한 사실을 잊곤 한다.

그런데 '무심해도 되는 힘'은 거꾸로 그것을 지켜야 하는 가부장들에게 불안의 원천이기도 하다. 배당받은 자리는 언제든지 바뀔 수 있기 때문이다.

이 이야기에서 가부장의 자리는 하찮거나 짐스럽거나 무력하다. 버린 손톱이나 구정물만도 못한 벼슬이며, 잠시도 벗어 둘 수 없는 무거운 짐이자, 가족들의 지지가 철회되는 순간 가뭇없이 사라지는 헛것일 뿐이다. 알고 보면 허술한 그의 정체를 속속들이 꿰고 있는 것은 집 안 깊숙이 숨어 있는 쥐다.

자석들이 본께는 그놈도 즈 아부지 같고 그놈도 즈 아부지 같고 그랑께, "아 어뜬 놈이 저라고 앉졌다냐?"고 그랑께, "저 어뜬 놈이 들오냐?"고 그라고 서로 쌈을 하고 끄뎅이(머리카락)를 끌고 쌈을 하고 그랑께 (…) 인자 송사를 했어.

상소를 한께 "그러면 그 집이 있는 사람하고 당신하고 가서 세간살이를 다 정리를 해서 다시 갖고 오라."고. 그랑께는 참말로 진짜 쥔은 (…) 다 아껏이요(알 것이요)? 모른디. 이놈의 쥐새끼는 숟가락

몽딩이 부러진 놈까지 다 시고(세고) 씨도 안 냉게 놓고 다 시어 불어. 그랑께 쥐가 이겠제. (…) 진짜 쥔은 쫓겨났어요.

-한국구비문학대계, 1984년 전남 해남군 정정순의 이야기

무심히 살던 남자는 어느 날 문득 '그런데 너는 누구냐?'는 가족들의 질문 앞에 서게 된다. 내가 누구냐니! '내가 난데' 무엇을 어떻게 증명해야 한다는 말인가.

가족들이 도플갱어 또는 아바타로 둔갑한 쥐에게 속았다지만, 자기 대신 쥐를 가부장으로 선택한 것은 가족들의 공모인지도 모른다. 아버지고, 남편이고, 아들인 내게 식구끼리 감히 이럴 수가 있느냐며 펄펄 뛰다가, 급한 김에 체모고 뭐고 없이 매달려 보지만 야속하게도 가족들의 반응은 냉정하기 짝이 없다.

그들이 물은 것은 집안 살림의 내역이다. 주인공으로서는 황당한 노릇이다. 한 번도 의심해 보지 않은 내 것들, 가부장제를 이루고 유지시키는 구성 요소들을 일일이 되뇌라는 말인가. 그러나 비정한 가족들은 진짜 내 혈육을 찾는 대신 집안의 내막을 속속들이 아는 '바람직한 가부장'을 '고른다'.

그는 이제 가부장도 뭣도 아니다. 그저 사람을 흉내 내는 미물이며 가짜일 뿐이다. 안타깝게도 그는 가족 제도의 후광이 아니면 초라하기 짝이 없는 개인에 지나지 않았던 것이다. 자기 자리를 되찾으려면 필사적으로 진짜임을 증명해야 한다.

집에서 쫓겨난 주인공의 고행은 이야기꾼에 따라 다양하게 묘사된다. 절집에서 도를 닦았다고도 하고, 몇 년간 남의집살이를

했다고도 한다. 팔선녀를 사귀었다고도 하고, 수천 명의 여승과 관계를 맺는 고행(?)을 겪었다고도 하는데, 그가 천신만고 끝에 얻은 것은 고양이 한 마리다.

> 인제 환갑이 돼서는 '오늘 내 환갑인데 어떤 놈이 어떻게 하고 있나 좀 가 봐야겠다.' 하구 도포 자락에다가 고냉이 하나 가지고 댕겼대.
>
> 고냉이를 도포 자락에 넣어 와 본께 진짜 환갑상을 채리고 아들 메느리가 절을 하고 볶아치더래.
>
> '아우, 참 기가 막혀. 내가 주인인데 우떤 놈이 저렇게 우리 아들 메느리 절을 받나.'
>
> 기가 맥혀 이렇게 있대께, 아, 고냉이가 톡 튀어 나가더래. 그래 나가더니 그 큰상 밑으로 쏙 들어가서 '아이구 저놈의 거 저길 들어가면 어떡하나?' 했더니, 가더니, 니미 주인놈 멱살을 잡아 물어 흔들어논 게, 쥐가 돼 벌떡 자빠지더래.
>
> — 한국구비문학대계, 2010년 강원도 홍천군 유복동의 이야기. 이하 같음.

다시 찾은 집은 나를 뺀 모든 식구들끼리 별일 없이 잘들 살고 있다. 나를 그리워하기는 고사하고, 내가 비운 자리조차 보이지 않는다. 심지어 아내는 내 침실에서 둔갑한 쥐와 살을 섞으며 오순도순 지내고 있다.

그가 준비한 것은 고양이다. 고양이는 아무 데나 똥을 누지 않으며, 항상 털을 깨끗이 고르고, 자기 영역을 엄격히 관리하며 위계가 분명한 동물이다. 그는 고양이를 내세워 가부장으로서의 위엄과 힘을 증명하며 간신히 잃어버렸던 자리를 되찾는다.

그래니 메느리가 그 쥐보구 절을 허구 그랬으니까 너무 억울해서 시어머이보구 하는 말이, "이그, 쥐 좆도 몰랐나?" 그러더래.

이야기는 부부 사이의 내밀한 비밀조차 몰랐느냐며 아내나 며느리를 타박하는 것으로 끝난다. 아내의 뱃속에서 쥐의 새끼들을 줄줄이 꺼내 죽인다는 이야기도 있는데, 아내마저 응징한다는 결말은 매우 적다. 아내가 오히려 누군들 쥐 좆을 알았겠느냐, 쥐의 새끼를 밴 것은 집을 비운 당신 탓이라며 천연덕스레 남편을 나무라기도 한다. 다시 회복한 가부장의 자리 또한 그가 할 노릇이지 보장해 줄 수는 없다는 말일 테다.

소동은 멎었고, 그들은 다시 별일 없이 살 것이다. 그는 똥 누러 갈 때조차 의관을 벗기 어렵겠지만, 부조리한 그들의 가족 제도는 여전히 삐거덕대며 건재하다.

# 걸려 넘어진
## 돌들로 지은 성

〈돌 노적 쌀 노적〉은 부자 형과 가난한 아우의 집안 이야기이다. 이 이야기를 그림책으로 편집한다면 첫 장면을 대칭으로 놓을 것 같다. 부자인 윗집과 주인공의 아랫집(들) 두 장면일 것이다. 책의 가운데 접힌 홈을 경계로 왼쪽 면과 오른쪽 면은 각각 굳건한 요새와 같다.

세상의 곡식은 모두 부자의 마당으로 흘러가 쌓이고, 그럴수록 가난한 자들의 마당은 점점 헐렁해진다. 양 끝이 극심하게 기울고 있음에도 시소를 버티게 하는 것은 가난의 무게 때문이다. 아버지의 빈 마당을 무겁게 누르고 있는 것은 절망과 무기력이다. 요지부동, 흔들어도 꿈쩍 않는 죽음의 균형은 언제부터인가 고착되고 말았다.

어느 마을에 우 아랫집이 사는 그런 집이 있었는데 웃집은 아조 부자로 자알살고 아랫집은 날품 팔고 끄니를 엇뜨케 해결 못 허고 곤

란허이 지낸 집이 있었어요.

－한국구비문학대계, 1980년 전남 함평군 김재승의 이야기. 이하 같음.

가난한 아버지와 부잣집 주인은 한 세월을 살아왔을 것이다. 계급, 신분, 학력, 물려받은 재산, 건강, 마음가짐, 수완, 재수… 그들의 현재를 설명할 단어가 적지 않으나, 설명한다 한들 그들 사이의 담장 높이를 줄이는 데는 아무 소용이 없다.

노블레스 오블리주가 있다지만, '선량한 부자'라는 말 자체가 부의 편중을 전제로 한 말이 아닌가. 그런 사람이 더러 있다 해도 부자의 적선은 언 발에 오줌 누는 격이고, 그것조차 두 번 기대기는 어렵다.

도둑질이나 강도질을 하자니 밥을 먹자고 목숨을 내놓을 판이다. 작당을 해서 세상을 한판 엎어 보고도 싶지만 승률이 몹시 낮은 도박일 뿐이다. 요행히 세상이 뒤집어진다 해도 피와 살을 바쳐 얻어낼 결과가 어디로 흘러갈지는 아무도 알 수 없다. 가난한 가부장과 그를 따르는 어른들은 오도 가도 못 하고 빈 마당에 주저앉아 버렸다.

그런데 하루는 예닐곱 살 난 손자가 "웃집의 장자는 저렇게 마당에가 노적 비늘(곡식 더미)이 수십 개고 창고에는 창고마다 나락이 그득 차고 그랬는디, 우리는 곡식은 없으되 어뜨케 돌 노적을 한나를 해 보면 어찌그나."고. (…)
"참 좋은 말이다. 어뜨케 허먼 쓰겄냐?"

**옛이야기는 영웅을 믿지 않는다**

"허는 방법은 우리 식구가 하루에 열 번이건 백 번이건 들올 때에는 의무적으로 돌멩이를 한 개씩 갖다가 모을 것. 그래서 아마 일 년쯤 되면은 우리도 이웃집 장자네 노적처럼 많은 갯수는 못 해도 한나 정도는 (…) 그 돌 노적이 될 거 아이냐?"

이렇게 이야기를 허니까 가족들이 '대처 오직이 없는 것이 이렇게 한이 되어서 어린 마음으로 저런 생각했을까' 허고 참 감탄을 허고.

"참 좋은 얘기다. 그렇게 한번 해 보자"

침묵을 깬 것은 굶주리던 막내다. 채록본에 따라 아이가 그렇게 맥을 놓고 있으려면 호주(戶主)를 내놓으라거나, 어른 노릇을 하라며 결기를 보이기도 하고, 갓 시집온 며느리가 시어른들에게 약한 척하지 말라며 앞장서기도 한다.

아이가 돌탑이라도 쌓아 보자고 한 것은 가부장과 식구들의 절망이 두려워서다. 아이로서는 당장의 굶주림보다 맥을 놓고 주저앉아 앞을 가로막고 있는 어른들이 더 버거웠을 것이다. 다행히 이 집 어른들은 아이의 말을 절박한 비명으로 알아듣고 다시 일어나 보기로 한다.

그때가 봄철인디 모두 합심이 되어 가지고 그날부터서 바로 시작이 되았어요. 매일같이 밖에 나가먼 반드시 의무적으로 (돌을) 가지고 들어오고 또 말로만 그런 것이 아니라 일곱 살 먹은 애가 확인을 해요.

빈손들이 돌을 잡는다. 걸려 넘어졌던 숱한 돌들이 가난한 마당에 모인다. 고단한 돌, 배고픈 돌, 원망하는 돌, 성난 돌, 서러운 돌, 처량한 돌, 돌부리를 걸어차고, 돌팔매질을 해 대려다 말고 움켜쥔 돌들이다. 갈 곳을 모르던 마음들이 모여 한 몸을 짓는다.

그날 저녁에 줏어 온 돌멩이 속에 금덩이가 들었등갑디다. (…) 그 우게 장자가 저녁에 소변을 보러 밤중에 바깥에 나와서 봉게 그 아랫집이서 머시 번쩍번쩍 헌디 이것이 틀림없이 금뎅이거든. '아하 이 아릿집이서 어린애가 그렇게 제의를 해 가지고 돌 노적을 헌다든디, 쩌가 먼 금뎅이가 하나 들왔구나. 저놈을 내가 먹어 버려야 쓰겄다.' 욕심이, 부자는 더 잘살고 싶응게.

한 해가 가고 마지막 돌을 얹었을 때 돌무더기에서 빛이 난다. 한밤의 어둠 속에 영원히 묻혀 있을 줄 알았던 가난한 마당이 밝아진 것이다.

돈밖에 모르는 부자의 눈에는 금덩이로 보였을지도 모르지만 그렇지 않을 수도 있다. 혹시라도 거대한 돌탑이 눈을 뜬다면, 돌들이 살아나 자신을 겨눈다면 부자로서는 끔찍한 재앙이 아닌가. 뭐가 됐든 그 빛은 가난한 마당에 있어서는 안 되는 것이다. 부자는 궁리 끝에 그토록 아끼던 쌀 노적 하나를 덜어 주며, 돌 노적과 바꾸자고 한다.

그래서 어린애가 거그를 옮길 때 보러 왔어. 참말로 주는 것잉가?

**옛이야기는 영웅을 믿지 않는다**

허다못해 맷재(왕겨)나 담은 것 무담시(무엇 때문에) 가매이만 주
는 것잉가 볼라고. 하도 뜻밖에 이케 많은 선심을 쓰닝까 가지러 가
서 보니까, 그 장자가 (…) "질(제일) 우게치(위의 것) 하나는 서운
헝께 내놓소." 그렁께, 한 가마이 찜이야 그 같은 것 문제없이 "아
그러십시요." 줬다 말이여. 주고 나락 노적을 쏴악 욍겠어(옮겼어).
욍기고 나서는 돌을 가져갈 판이여. 돌 가져갈 판인디 그 어린애 말
이, "어르신 댁에서도 질 우게치 하나 서운허다고 내래놔겠잉께, 저
도 저 우게치 하나는 서운헝께 내래 놓랍니다."
"아 그래라."
어린애도 따악 하나를 욍게 놓어.

하지만 그 금덩이는 부자의 집으로 넘어가지 않는다. 아이
가 부자의 온정에 속지 않았던 것은 그 돌이 금덩이임을 미리 알고
있어서가 아니다. 부자가 지킴 쌀을 내려놓는 것을 보고, 돌쌓기를
멈추지 말아야 한다는 것을 알아차렸기 때문이다. 노적가리 하나
가 옮겨졌을 뿐, 달라진 점이 없다는 것을 아이가 간파한 것이다.
부자는 지킴 쌀의 힘에 기대 다시 재산 불리기에 골몰할 터, 가난한
마당으로 가야 할 곡식을 빨아들일 것이다.

아이가 지킴 돌을 내려놓지 않은 것은 부자에 대한 엄중한
경고이자, 맥없이 주저앉아 있지 않겠다는 결기이기도 하다. 황금
빛으로 번쩍이는 지킴 돌은 깨어 있는 아이다. 그 마당은 전처럼 암
흑으로 돌아가지 않을 것이다.

아이의 돌탑은 누군가에게는 글이 되며, 다른 누군가에게는

혁명이 되기도 한다. 리베카 솔닛은 자신의 글을 "걸려 넘어진 돌들로 지은 성"이라고 했고, 글로리아 스타이넘은 "혁명은 집처럼 맨 밑에서부터 지어진다."고 했다. 돌탑도 마찬가지다.

# 반쪽 어둠을 찾아
# 떠나라

복 타러 간 총각

〈복 타러 간 총각〉은 외롭고 가난한 젊은이가 삶에 지쳐 죽음을 향해 떠났다가 세상 사람들의 고통을 대면하고 다시 돌아온다는 이야기다.

그의 여정은 세상의 소리를 듣는 관세음의 수행길이기도 하다. 주인공이 요즘 사람이라면 흙수저로 태어난 이대남쯤 된다. 그는 자신의 가난과 불투명한 미래가 복을 타고나지 못한 탓이라고 생각한다. 복(福)은 음식을 잘 차려 놓고 제사 지내는 그림에서 온 글자지만, 죽음을 경배하고 살아 있음을 축복하는 일은 그에게 먼 이야기다. 그는 입에 풀칠하기 바쁜 가난에서 벗어나고 싶을 뿐이다.

> 옛날 어느 사람이 형편없이 못살아. (…) 만날 죽인데 (…) 중이 만날 저그 집에 와서 죽을 묵고 있는 기라. (…) 반 그릇씩 갈라 묵고 그란하몬 굶고 (…)

"대사, 우짜몬 잘살겄노?" (…) "서천 새앗골에 가몬 복을 타는 데 있다." 이라거든. (…) 서천 새앗골이 어덴고 알 수가 있나? (…) 근 근이 돈을 모아 가이고 (…) 누룬밥 그거를 뭉치 가이고 짊어지고 한 군데 간께네 (…)

-한국구비문학대계, 1979년 경남 거제군 임봉진의 이야기. 이하 같음.

서천(西天) 서역국은 부처님의 세상인 서방 정토다. 해를 등진 채 어둠의 끝을 찾아야 하며, 죽음의 강을 건너야 닿을 수 있는 곳이다. 김선우 시인의 말대로라면 복은 "반쪽 빛을 찾아 헤매는 것이 아니라, 반쪽 어둠을 찾아 영접하는" 길에 있다는 뜻이다. 달리 뾰족한 수가 없던 총각은 알량한 죽조차 뺏어 먹던 식객의 말에 기대 걸음을 옮긴다.

무인지경에 집이 하나 있는데, 단지 처자 하나빼이(하나뿐이) 안 사는 기라. 그래서 간께 참 대접을 잘하거든. 밥을 잘해 주고 말이지 누룬밥을 더 뭉치 줌서 "어데 가느냐?"고 묻거든. "서천 새앗골에 복 타러 갑니다." 그러거든.
"(…) 그 서천 새앗골에 가거든 (…) 내가 하늘 사람인데 이 세상 내려왔는데 내 부배(夫配)가 어떤 사람인고 그것 좀 묻고 오라." 쿠거든. "네, 그라지요."

여행길에 처음 만난 사람은 무인지경의 허허벌판에서 홀로 사는 처녀다. 처녀는 총각이 가져 보지 못한 좋은 집에서 좋은 음식

옛이야기는 영웅을 믿지 않는다

을 먹으며 살고 있지만, 행복하지 않다. 격에 맞는 짝을 기다리느라 허우대 좋은 고대광실 안에서 메말라 가는 중이다. 총각은 자신의 짐에 처녀의 불안과 결핍을 더 얹고 다시 길을 떠난다.

> 한 재를 올라간께네 어떤 노인이 둘 앉아서 장기를 두는 기라. 그래, "이 사람, 어데 가는고?" 그래, "내가 저 서천 새앗골에 복 타러 갑니다."
> "우리가 평상 장기를 둬도 이기도 안 하고 지도 안 하고 만날 이래가 있는데 어느 사람이 이길 긴고? 그 좀 물어보고 오이라. 오른쪽 앉은 영감이 이길 긴가, 왼쪽 앉은 영감이 이길 긴가? 좀 물어보고 오이라."

다음에 만난 늙은 남자들은 고갯마루에 앉아 승패를 다투고 있다. 알다시피 장기는 초나라와 한나라의 긴 전쟁을 소재로 한다. 둘은 인생의 고갯마루에 이르도록 전쟁 중인 것이다. 마주 앉은 두 노인 모두 지쳤지만 누구도 그 다툼을 어떻게 끝내야 하는지 모른다. 그들이 물은 것은 평생의 승패 다툼을 끝내고 위태로운 자리에서 내려가 편안함을 얻을 수 있는 길이다.

> 또 한 군데 가안께네 아애들이 쪼깬한 종그레기(작은 바가지) 가이고 물 준다고 이래 주는데, 어떤 아들은 (…) 추워서 손을 불면서 물을 주거든.
> "아이구, 아저씨 어디 갑니까?" 이러쿠거든. "서천 새앗골에 복 타

로 간다." "그래요? 우리 여게 이 꽃에다 물을 주는데 (…) 아무리 물을 줘도 꽃이 안 핍니다. (…) 이 꽃만 피몬 환생을 할 낀데, 그 꽃이 안 핍니다. 서천 새앗골에 가거든 우리 이 꽃이 언제 필 낀고 그 좀 물어보고 오소."

아이는 꽃 한 포기를 붙들고 있다. 곱은 손을 불어 가며 하릴 없이 주는 물은 아이의 눈물인지 모른다. 울고 있는 아이는 성장하려고 안간힘을 쓰지만, 무언가에 붙들려 소생하지 못하고 있다. 아이가 물은 것은 눈물이 달래지 못하는 아픔에 대한 것이다.

그래 한 군데 간께네 (…) 대한 바다 옆인데 (…) 눈을 감고 가만 앉았인께, 이런 꼴이 있나? 물이 빙빙빙 돌디마는 큰 용이 한 마리 쑥 올라가디마는 앞에 쑥 나오거든. (…)
"네 어데 가노?" 묻거든. (…) "내 서천 새앗골에 복 타러 간다."고. (…) "내 이 강 지킴 노릇하는 사람인데, 우리 고부 막내 손주꺼정 다 하늘로 득천해 갔는데 내는 우째서 득천을 못 해 가는고 그거 일러 줄래? (…)" 쿠거든.

서천 서역국의 문턱에는 용이 산다. 그의 몸은 이미 구렁이에서 벗어났으나, 강물 밖으로 날갯짓하지 못하고 있다. 용은 어떻게 하면 하늘의 마음을 얻어 날아오를 수 있는지 묻는다.

용의 뿔을, 딱 목을 안고 있인께, 눈 떠라 하거든. (…) 저거 집에 장

(늘) 댕기는 그 도사가 앉아 있는 기라. (…) "어찌 왔노?" "대사님
이 서천 새앗골에 복 탄다 해서, 하도 우리 못살아서 복 타로 왔십
니다."

총각은 용의 도움으로 목적지에 이르지만, 허무하게도 그토
록 찾던 복은 어디에도 없다. 고행의 끝에 남은 것은 아무것도 없
다. 그렇다고 주저앉아 있을 수도 없다. 길에서 만난 사람들과의 약
속이 남아 있기 때문이다. 총각은 찾던 복 대신에 길에서 만난 네
가지 질문에 답을 구한다.

복도 뭐, 아무것도 타도 못 하고 그냥 왔다. 그래 떡 온께 용이 지
자리에 있거든.
"뭐라 쿠더노?"
"니가 저까지 실어 주몬. 니가 안 실어 주몬 나는 우찌 가구로."
"오냐, 실어 주꾸마." 그래 실어다 주고,
"뭐라 쿠더노?" 한께,
"니가 욕심이 많다 쿠더라."
"아차, 그랑께 내가 여의주가 두 개다." 그래 구실(구슬) 하나 줌
서. "아나, 이 니 가아가라(가져가라). 이 보물이다." 쿠거든.

용이 기다리던 답은 '선택하라!'다. 바라는 대로 해 준다는
여의주(如意珠)는 사실 누구나 품고 있는 보물이다. 보물 구실을 못
하는 까닭은 스스로도 바라는 게 뭔지 모르거나, 아무것도 놓지 못

하기 때문이다. 용이 되려면 이무기의 죽음을 받아들여야 하며, 하늘을 선택하려면 강을 버려야 한다.

총각이 서천강을 다시 건너 이승으로 돌아온 뒤에 비로소 여의주의 비밀을 알려 주는 장면은 의미심장하다. 인간에게 죽은 뒤의 여의주가 무슨 소용이겠는가. 용은 삶도 죽음도 없는 하늘을 꿈꾸지만, 총각에게는 삶이라는 단 하나의 길이 있을 뿐이다.

그래 온께네 아아들이 꽃밭에 물 주거든. (…)
"우째 꽃이 안 핀다 쿱디까?"
"이 밑에 말짱 생금짱이 들어서 금이 찹아서(차서) 안 된다 쿠더라. 그거로 파내몬 된다 쿠더라." 그만 손으로 가이고 금짱을 파서,
"전부 다 아저씨 가아가라."고 다 주거든.

아이의 꽃에 뿌리 깊이 박혀 있는 단단한 쇠붙이는 어른들의 그릇된 사랑이 만들었을 것이다. 방임이나 학대와 같은 아동기의 (성)폭력 피해였을까. 아이는 스스로 기억하지 못하는(기억해서는 안 되는) 고통의 순간에 붙들려 자라지 못했던 것이다. 아이가 총각에게 준 황금은 고통의 이면이다. 지난날의 상처는 대면하기에 따라 귀한 삶의 자산이 되기 때문이다.

그래 금짱을 (…) 짊어지고 온께, 영감 둘이서 장기를 두다가 "뭐라 쿠더노." 한께,
"평상에 만 년 두야 장기가 승부가 안 난다쿰서 막살하라(그만두

라) 쿱다."

"아나, 이 장기 니 가가라."

장기판을 던지 삠서 주거든. 이 장기가 말짱 금이라.

노인들이 얻은 답은 "지금 당장 모두 무기를 내려놓는 것이 평화를 위한 유일하게 현실적인 해결책"이라는 평화 운동가 베르타 폰 주트너(Bertha von Suttner)의 말과 같다. 장기판과 장기 알을 무엇으로 만들었건 당장 집어던져야 한다는 말은 인류가 수많은 전쟁을 치르며 얻은 유일한 교훈이다.

그래 그 무인지경에 온께네, "아, 댕기(다녀)오느냐?" 그리 반가워 하거든.

"어떤 사람이 저 배필이라 쿱디까?"

"지하에 와서 먼저 본 사람이 배필이라 쿱다."

"아구, 내 내려와서 당신 처음 밨인께 당신이 내하고 배필이다."

그래 본께, 하늘 사람 얻어서 신선한 각시 얻었제, 여의주 얻었제, 금 가아왔제, 우째 안 살겄노? 그래 복을 타가 잘살더랍니다.

처녀는 '하늘에서 내려와 처음 만난 사람이 배필감'이라는 답을 얻는다. 가상의 캐릭터인 이른바 '이상형'을 찾거나 누구에게 선택되기를 기다리지 말고, 스스로 환대할 수 있는 현실의 사람을 선택하라는 뜻이다. 앞으로의 삶은 하늘 사람인 자신에 대한 믿음으로 나아가야 한다는 말이기도 하다.

처녀의 눈앞에 서 있는 총각은 처녀가 손수 닫아걸었던 대문을 열고 기꺼이 집 안으로 들여 따뜻하게 대접했던 사람이다. 문을 열어 줄 때부터 이미 직감했던 것처럼 그는 공감하고 약속을 지킬 줄 아는 사람이었던 것이다. 다시 돌아온 그는 약자들과 아픔을 함께하는 동안 무소의 뿔처럼 단단해져 있다.

마주 선 채 서로를 비추는 둘의 거울에, 없는 복을 원망하던 총각과 찾지 못한 인연 때문에 괴로워하던 처녀는 이제 없다. 둘은 오늘의 삶을 경배하며 풍요롭게 살아갈 것이다.

# 이야기를 가두면
## 사람을 잡는다

〈주머니에 갇힌 이야기〉는 〈사(邪)가 된 이야기〉라는 제목으로도 알려져 있다. 어떤 총각이 남의 이야기를 듣기만 하고, 글로 적어 주머니 속에 담아 뒀더니 갇혀 있던 이야기들이 사(邪)가 되어 공격하는 바람에 죽을 뻔하다가 살아났다는 이야기다.

사(邪) 또는 살(煞)은 따로 정해져 있는 흉액이 아니다. 인간의 의지와는 상관없이 엉뚱하게 붙고 끼며, 내리고 오른다. 좋은 일과 나쁜 일, 기쁨과 고통, 아름다움과 추함, 행운과 액운은 몸을 섞어 가며 쉼 없이 자리를 바꾸기 때문이다.

이야기도 마찬가지다. 아무리 좋은 말이라도 누구와 언제 어디서 어떻게 주고받느냐에 따라 자신과 상대방에게 화살이 되어 꽂히기도 한다. 중요한 것은 이야기를 둘러싼 관계다. 밥 먹었냐는 인사조차 부담스러운 사이가 있고, 욕설도 정으로 받아들이는 사이가 있는 것이다.

이야기가 살찌려면 개떡같이 말해도 찰떡같이 알아듣는 관계가 되어야 한다. 그러자면 계급과 인종, 젠더와 연령같이 이야기를 가두는 주머니 안팎을 자유로이 넘나들며 함께하는 시간이 필요하다.

> 글 배우는 학생이 (…) 그 이야기를 적었어요. (…) 자기 공부방에다가 주머니를 하나 요래 달아 놔두고, (…) 한 자리 듣고는 적어가 옇고, 또 한 자리 캐 가주고 적어가 옇고, (…) 일 년 동안을 그저 이야기 주머니에다 꼭 차례로 적어 옇는게라.
>
> -한국구비문학대계, 1980년 경북 영덕군 문문희의 이야기

> 어디 가서 떠꺼머리총각이 말(마을) 사랑에 갔다가 얘기를 세 마디를 딱 듣고 와서는, 안 했어. 생전 누구한테 안 했어.
>
> -한국구비문학대계, 1983년 강원도 횡성군 목수희의 이야기. 이하 같음.

주인공인 귀한 집 총각은 말이 없다. 말주변이 없는 건지, 침묵을 미덕으로 삼는 상남자여서인지, 이야기를 듣기만 하고 남에게 풀어놓지 않는다. 좋은 줄은 알아서 글자로 적어 차곡차곡 주머니에 담아 공부 거리로 삼지만 즐기지는 못한다. 그는 정갈한 주머니 속에 가지런히 정리해 둔 이야기처럼 반듯한 사내지만 소통에는 젬병이다. 자신의 감정을 솔직하게 드러내고, 타인과 교감하며 희로애락을 나누지 못하는 사람인 것이다.

> 그 사람이 장개를 가는데, (…) 하인이 이렇게 가만히 같이 자는데,

잠결에 들으니까 혼자 주구받는 거야. 그 총객이 자미서.

"야, 이눔한테 우리가 서이가 들어와 가지고 생전 이놈이 우리를 내 불리지를 않아 우리가 굶어 죽게 되었잖아. 그러니까 내일이 잔 치니깐 이눔을 어떻게 죽이겠느냐?"

그러니까 (…) 한 놈은 "신랑이 장가갈 적에 그 질 옆에 꽃이 아주 그렇게 혼란스럽게 피자" 그랬어. 그러면 꽃을 시(세) 송아리 꺾어 다가 저거 하믄은 살이 돼서 죽일려구.

또 한 놈은 (…) 그렇게서 안 되며는 딸구가 먹음직스럽게 피면 그 딸구를 먹으면 죽게 만들구. 한 놈은 그래두 안 죽으믄 초례청에 들어갈 적에 (…) 절을 이렇게 하면 모가지가 여 닿는데 고기(거기) 살이 세 개가 되게 돼 있잖았어?


총각은 하인과 함께 생활한다. 둘은 같은 방에서 나란히 잠을 자지만 허물없이 이야기를 나누는 사이는 아니다. 신분 사회라는 단단한 주머니에 주인과 하인으로 각각 갇혀 있기 때문이다.

둘이 함께 보내는 마지막 밤, 혼인을 앞둔 총각은 마음이 어수선하다. 난생처음 겪어 보는 설렘과 두려움으로 갈피를 잃고 헤매느라 잠을 이루지 못한다.

곁에 누운 하인은 점잔 빼는 총각의 복잡한 속마음을 알아채고 내일 치러야 할 혼사를 걱정한다. 호사다마라고, 경사에는 살이 끼기도 쉬운데 큰일을 치를 신랑의 불안한 감정 상태가 미덥지 않은 것이다.

종은 내일 아침 신행길에 신랑의 말을 자기가 몰아야겠다고 작정한다. 말을 타는 것은 글방 샌님이 능숙하게 할 수 있는 일이 아니기 때문이다. 온몸을 능청거리고 너울대며 말과 장단을 맞추면서도 잠시도 중심을 잃지 않아야 떨어지지 않는다. 조련법을 외운다고 익힐 수 있는 일이 아니며 자주 타고 내려 봐야 한다는 점에서 이야기의 세계와 닮았다.

> 그 종이 그 이튿날 (따라)갈라 그러니까 그 종은 집에서 심부름을 하구 딴 사람을 보낼려구 그러거든. 그러니까 아주 제가 간다는 거야, 들은 소리가 있으니까. 그러니까 고만 그 사람을 딸려 보냈어. 가다 보니까 딸구가 참 먹음직스럽게 시 송아리 이렇게 피었드래. 그러니까 신랑이 말을 타구 가다가, "애야, 아무개야, 저게서 딸구 좀 따 와라." 그러니까 이 하인이, "내가 따 오마." 따 가지곤 발로 썩썩 비벼 내버리구 오네.

말을 탄 새신랑은 긴장과 흥분 상태다. 서당과 집에서 지금껏 잘 눌러 왔던 감정이 요동치고, 아름답고 탐스러운 것들이 새삼 눈길을 붙든다. 더구나 첫날밤을 앞둔 신랑에게 딸기, 꽃, 청실배와 같은 것은 태몽이 되는 길조가 아닌가.

하지만 종은 그것들을 따다 달라는 상전의 명령을 번번이 묵살한다. 아무리 좋은 이야기라도 못 본 척, 못 들은 척해야 할 때가 있는 것처럼, 산해진미라도 독이 될 때가 있음을 알기 때문이다. 말을 탄 채 들뜬 마음으로 따 먹다가는 삐끗하거나 탈이 나기 쉬우니 혼인을 무사히 치를 때까지는 참고 조심하라는 것이다. 목마른

신랑을 무슨 말로도 달랠 수 없을 터, 종은 불경죄를 무릅쓰고 그저
갈 길을 재촉한다.

> 아이구, 약 올라 죽겠는데 이제 초례청에 들어가게 됐어. (…) 절을
> 할라구 들어가서 엎드렸는데, 그 종놈이 인제 쫓아오더이 궁둥이,
> 똥방뎅이를 냅다 크게 내치니까 (…) 그만 나가떨어졌지.
> "아 저놈이 저기저 상전 데려가서 망신시키고 그랬다."구. "당장 묶
> 어 절박(결박) 지어 놓으라."고. 절박을 지어 놓고 막 두들겨 팰라
> 그러니까는, "나를 뚜드려 패는 것도 좋은데, 서방님 절할라고 했
> 던 그 땅바닥을 파 보라."고 그러더래.
> "고길 파 보구선 나를 죽여 달라."고 그랬어. 그러니까 (…) 고길 파
> 구서는 보니까 살이 세 개가 똑 부러졌드래.

혼례식장에서의 종은 좀 더 과감하다. 느닷없이 새신랑의
엉덩이를 걷어찼으니 엄숙하던 혼례식장에 야단법석이 났다. 새신
랑이 절하다가 나동그라졌으니 얼마나 민망한 일인가. 그것도 한
낱 종에게 차여 체면을 구겼으니 이런 망신이 없다.

하지만 덕분에 잔치는 한결 흥겨워졌을 것이다. 점잔 떨던
당사자는 쥐구멍이라도 숨고 싶었을 테지만, 하객들은 터져 나오
는 웃음을 틀어막아야 했을 테니 말이다. 더구나 급살 맞을 사람에
게 망신살로 액땜을 해 줬으니 제대로 살풀이를 한 셈이다.

왁자지껄 소동이 지나간 뒤 종은 비로소 자초지종을 털어놓
는다. 다행히 주인어른은 말귀가 열린 사람이다. 부자 양반이지만

종을 아들 방에 재우는 사람이니 앞뒤가 꽉꽉 막힌 꼰대는 아니었나 보다. 혼인 잔치를 시끌벅적하게 치르며 이야기 귀가 터졌는지도 모른다. 그는 종에게 주인을 능멸한 죄를 무는 대신 종 문서를 불사른다. 신분 사회의 숨 막히는 주머니를 열어 준 것이다.

그 방을 나온 두 청년은 비로소 주인과 종의 굴레를 벗어 버리고 이야기를 나눌 수 있는 사이가 되었다.

사실 공자님도 일찍이 사(邪)를 말한 적이 있다. 논어에는 "시 삼백 편을 한마디로 말하자면 생각에 삿됨이 없다."°는 구절이 있다. 시경의 시 삼백여 편은 노래이자 이야기다. 부르고, 화답하고, 주거니 받거니 삶을 살찌우는 데 쓸 일이요, 글자에 가둬 둔 채 모셔 놓고 숭배하지 말라는 뜻으로 읽을 수 있다. 공자님 말씀을 말로 풀면 이렇게 적을 수 있겠다.

옛날 얘길 듣구서는 누귀한테 얘길 안 하면 얘기가 굶어 죽어. 그러면 얘기가 굶어 죽는다구. 괜히 살이 되면 안 돼. 그러니까 얘길 해요. 오늘 지녁에 들은 거 아무 데라도 댕기면서 얘기를 해야 얘기가 자꾸 빠져나가면서 얻어먹구 살잖아.

그러고 보면 서당 학동인 양반 총각보다 일자무식 종이 공자님 말씀을 제대로 알아듣고 있었던 셈이다.

---

◉ 詩三百 一言而蔽之曰 思無邪(논어 위정편)

**옛이야기는 영웅을 믿지 않는다**

**우렁이 각시는
당신이 아는 그런 이야기가 아니다**

2022년 12월 20일 1판 1쇄
ⓒ심조원, 2022

글 : 심조원
일러스트 : ⓒ백두리
디자인 : ⓒ권석연
제작 : (주)공간코퍼레이션
펴낸이 : 전미경
펴낸곳 : 곰곰
등록 : 제2019-000155호
주소 : 03975 서울시 마포구 연남로 61-1 102호
전화 : 02-335-2041
전자우편 : gomgompress@gmail.com
홈페이지 : gomgompress.kr

ISBN 979-11-967147-7-2 03810

이 도서는 한국출판문화산업진흥원의
'2022년 중소출판사 출판콘텐츠 창작 지원 사업'의 일환으로
국민체육진흥기금을 지원받아 제작되었습니다.